Christian Galtier

Ma nuit avec Charles de Gaulle

AF131469

Ma nuit avec Charles de Gaulle

A Marguerite

Sunt certas noctes ubi fatum mutat

Deserti dominus

Première partie

Banco à Nouakchott

*

Ma nuit avec Charles de Gaulle

1

CHARLES

Mercredi 11 décembre 1968.

- Salut et fraternité, Monsieur l'évêque !
- Bonsoir, Monsieur le comte…
- Chuuut ! Monseigneur !

D'un doigt sur les lèvres, j'invite mon interlocuteur à faire silence, ou tout au moins de parler moins fort. Il rit. Moi aussi, et je vais prendre place auprès de lui, sur un tabouret face au bar.

L'évêque reprend, cette fois à mi-voix :
- Monsieur le comte, vous savez quel est le prix de mon silence.
- Je le sais, hélas, Monseigneur, lui réponds-je d'un air accablé.

Puis je fais signe à Ramatoulaye qui officie derrière le bar.
- Sois gentille de nous préparer deux Pure Malt, bien tassés, comme les aime mon ami.

Le nom qui est porté sur mon passeport est celui de Charles-Henry Fleury de Montfleury. Mais ici, on ne me connait que sous le nom d'usage de Charles Fleury, dit Charly.

Je suis né à Vesoul, il y a vingt-cinq ans, dans une vieille famille dont les origines remontent, dit-on, à saint Louis. Mes parents en sont très fiers. Moi, pas.

Monsieur le comte Charles-Edouard de Montfleury, mon père, me destinait à poursuivre sa carrière. C'est-à-dire à ne rien faire, sinon gérer le domaine forestier familial. Il me fit pour cela suivre des études financières et commerciales. Je les suivis et, les ayant enfin rattrapées à grand mal, je mis soudain le cap au sud.

Je ne supportais plus les forêts franc-comtoises et bourguignonnes. Les chênes, les hêtres et autres épicéas me donnaient la migraine. Quand j'accompagnais monsieur mon père à l'une de ces séances de massacre animalier qui font partie de la tradition familiale et régionale, je recherchais les clairières loin des chasseurs et de leur vacarme cynégétique.

Lorsque j'en avais trouvé une, je m'étendais au beau milieu, sur le dos et un brin d'herbe entre les dents. Je regardais le ciel dégagé et surtout pas les arbres environnants. Je rêvais de grands espaces.

J'étais, semble-t-il, l'objet d'une manière de phobie forestière qui n'allait qu'en s'aggravant.

A toute pathologie, il existe un traitement. Je trouvai, un beau jour du début de 1968, celui qui pourrait me soigner : je pris l'avion pour le Sahara.

Je m'envolai plus précisément pour Nouakchott, la toute jeune capitale de la (tout aussi jeune) République Islamique de Mauritanie.

Lorsque l'Indépendance fut accordée par la France à la Mauritanie voici huit ans, un problème se posa immédiatement. Ce pays est si désertique, déshérité et inhospitalier que les gouverneurs français de la colonie avaient installé le siège de leur gouvernement à Saint-Louis, de l'autre côté du fleuve Sénégal. C'était un choix habile et confortable pour un gouverneur colonial, mais tout à fait inacceptable pour un nouveau pays venant d'accéder à l'indépendance : Saint-Louis était désormais située dans la nouvelle république du Sénégal !

Monsieur Moktar Ould Daddah, président de la nouvelle république - et ancien président du gouvernement de la colonie - trouva la solution. Il accepta, pour établir la nouvelle capitale, de céder généreusement certaines de ses terres à son pays ; moyennant bien sûr une juste indemnisation.

Le domaine de monsieur Ould Daddah entourait une minuscule bourgade de moins de cinq cents habitants qui portait le nom générique de Ksar (fortin, en langue locale). Ces terres présentaient la triple particularité d'être parfaitement stériles, perdues au milieu du désert et inaccessibles par la route ou par la mer. Elles bordaient le littoral, mais il n'y avait pas de port.

On avait alors fait appel à des urbanistes internationaux pour dessiner une ville nouvelle. Ces artistes de l'urbanisme et de l'architecture donnèrent libre cours à leur imagination. Ils bâtirent la nouvelle

11

ville sur un plan strictement géométrique et selon un quadrillage parfait. Comme quoi, avec une règle et une équerre, on peut facturer de gros honoraires.

Aujourd'hui, en 1968, la ville, peuplée d'environ quarante mille habitants, n'a que huit ans d'âge.

Elle est toujours parfaitement perdue et isolée au milieu d'un immense espace désertique.

Ce lieu original m'avait donc attiré comme un aimant le fait de la limaille de fer. Là-bas, il n'y aurait ni famille de vieille noblesse, ni hautes futaies de chênes ! Le bonheur !

Je suis arrivé en janvier de cette année.

A Vesoul comme à Paris, il faisait froid. Ici, il faisait chaud.

A Vesoul comme à Paris, il ventait et il pleuvait. Ici il faisait parfaitement sec et le ciel était limpide.

A Vesoul comme à Paris, on se costumait et l'on se cravatait pour aller à son bureau. Ici, ma chemisette flottait sur un pantalon léger.

A Vesoul comme à Paris, on s'énervait en d'interminables embouteillages. Ici, mes clients venaient me voir à dos de chameau. Ils parquaient leur véhicule quadrupède devant l'agence bancaire dont je conduisais la destinée. Et quand je les recevais, me parvenaient par la fenêtre, au lieu des disgracieux et rageurs coups de klaxon que l'on entend en ville, l'harmonieux blatèrement des chameaux… harmonieux, peut-être pas, il est vrai, mais certainement plus exotique.

J'étais venu chercher de l'exotisme : j'étais servi.

Ce soir, comme tous les soirs, je suis attablé au « Club ». « Le Club » est une institution, à Nouakchott. C'est le lieu de rencontre des étrangers.

On y trouve des Français, bien sûr, qui constituent la plus importantes des petites communautés occidentales. Il y a quelques Etasuniens aussi : ils sont partout. On y rencontre des Soviétiques, également. Ils viennent espionner les Etasuniens. Et puis, il y a quelques Belges, Allemands ou Anglais. Il m'est même arrivé d'y voir, très occasionnellement, un Mauritanien.

Que viennent chercher ici tous ces gens (sauf les Mauritaniens, bien sûr) ? L'alcool.

La consommation d'alcool est prohibée en République Islamique de Mauritanie, tout au moins pour les Mauritaniens et en public. Elle n'est possible qu'à la table des deux hôtels et des trois restaurants internationaux de la ville ; et au « Club ».

Je viens donc chaque soir au Club pour m'abreuver ; et rencontrer des gens, aussi.

Je commence ma soirée par une partie de tennis. Il y a toujours des partenaires disponibles et, à la nuit tombante, la température devient plus appropriée à cette nature d'exercice physique que dans la journée. Après la douche, on change de terrain et on passe au bar, ou bien on s'attable sur la terrasse ; et on boit.

Vers minuit, c'est l'heure de la fermeture. Je rentre alors chez moi avec Ramatoulaye, la jeune Sénégalaise qui sert au bar ; mon amie.

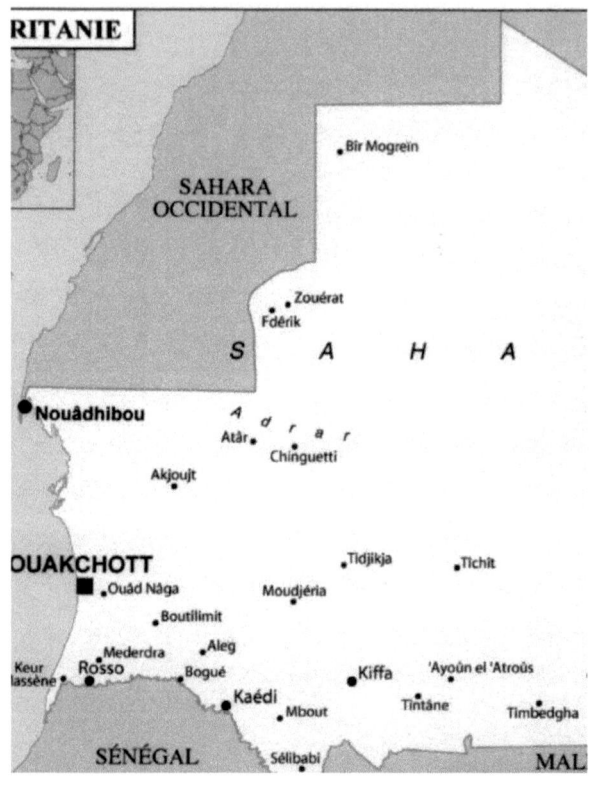

Quand je suis arrivé tout à l'heure, j'ai salué monseigneur Henri Dupré comme chaque soir d'un grand « Salut et Fraternité », cette salutation franc-maçonne dont il fait toujours mine de s'offusquer. Pour me titiller, il m'a alors donné du « monsieur le comte », ce titre que j'ai abandonné à tout jamais au plus profond des forêts franc-comtoises. Et pour qu'il ne divulgue à personne le secret de ma naissance, j'ai dû lui payer le prix de son aimable chantage : un grand verre de Chivas de vint ans d'âge ! Chaque fois qu'il vient au « Club » - et c'est presque tous les soirs - c'est la même routine. C'est un peu monotone, j'en conviens, mais ça nous amuse tous les deux. On s'amuse de peu, à Nouakchott.

Comme chaque soir, nous bavardons un moment, Monseigneur et moi.

Lors de mon arrivée, au début de l'année, je lui avais posé des questions sur son travail. Je suis d'un naturel curieux :

- Dites-moi, Monseigneur, ça marche, les conversions ?
- Tais-toi, malheureux !

Je n'avais pas bien compris la raison de cette réponse. Moi, si on me demande si je fais beaucoup d'ouvertures de comptes, je n'en donne pas le nombre mais je réponds que la tendance est bonne. Je ne vais quand même pas dénigrer mon boulot.

- Le marché n'est pas porteur ? Lui demandai-je ingénument.

Il but une grande gorgée de son Chivas, s'essuya les lèvres à la manche de sa soutane blanche et me répondit à mi-voix après avoir lancé une sorte de regard circulaire à travers la salle.

- Je ne suis pas ici pour convertir mais pour m'occuper des fidèles déjà acquis à la cause de la vraie religion…

- Ben pourtant… on m'a toujours appris que les missionnaires…
- Ecoute, Charly, si un Mauritanien musulman se convertit, il risque d'être condamné à mort pour apostasie.
- Ah oui ! Fâcheux… Et vous, vous risquez la mort aussi ?
- Non. Mais on me remet dans le premier avion pour Paris… ce qui peut être aussi une condamnation à mort, ajouta-t-il en riant.

Il m'expliqua alors que les avions d'Air Mauritanie tombaient dans le désert comme les feuilles en automne dans la forêt franc-comtoise. Son prédécesseur, Mgr Landreau, était d'ailleurs mort dans un tel accident au printemps de 1965.

- Ce qui vous a valu d'être promu à Nouakchott, lui dis-je.
- Tu parles d'une promotion ! Avant, j'étais en poste à Brazzaville. Là, je convertissais à tour de bras. Je ne savais plus où donner de la tête ! C'était un vrai bonheur ! Ici, ça sent plutôt la maison de retraite.
- Allez, buvez donc un coup pour oublier, monsieur l'évêque ! Rama, tu nous remets ça !

Monseigneur n'aime pas trop que je l'appelle « monsieur l'évêque », mais la demande que j'avais faite à Ramatoulaye de renouveler les verres avait aussitôt apaisé son indignation.

Ce soir, nous parlons des évènements récents.

A Paris, au mois de mai, il y a eu une révolte étudiante, puis ouvrière. Les Français ont un peu joué à

16

se faire peur. Les Français, ils adorent les commémorations. Rejouer, ne fût-ce que sur un mode dégradé, les grandes révolutions de 1789, 1830, 1848, 1871, ça les fait frissonner… Ça faisait longtemps qu'il n'y avait pas eu de Révolution ; presqu'un siècle ! Alors ils s'étaient fait un peu de cinéma : agitation, grèves et compagnie.

Et puis, ça avait fini comme ça finit toujours. Après l'agitation, un homme fort reprend les choses en mains. Ce fut successivement Bonaparte, Napoléon III, Thiers… cette fois-ci, ce fut de Gaulle qui siffla la fin de la partie. En ce mois d'octobre, tout était rentré dans l'ordre : comme toujours.

Je le regrettais un peu. En mai, je m'étais imaginé les têtes de Père et de Mère, de l'oncle Gonzague, l'évêque de Besançon, et de l'oncle Amaury, le sénateur-maire de Vesoul, plantées en hauts de piques et promenées à travers la ville. C'eût été d'un romantique ! Ce sera peut-être pour la prochaine fois. Je n'avais pas fait part de mes réflexions à Monseigneur. Il n'a pas le sens de l'humour très développé.

A l'été, l'agitation avait gagné la Tchécoslovaquie. Ça avait été plus sérieux. Là, c'étaient les Soviétiques qui avaient sifflé la fin de la récréation. Avec les chars et dans le sang. J'en avais alors parlé avec mon ami Vladimir Chirokov, l'attaché d'ambassade d'URSS.

- Dis-donc, Vladi, tes petits copains, ils ont fait fort quand même !
- C'est le prix de l'ordre, Charly. Ici, tout le monde doit être musulman et ça se passe bien.

Là-bas, tout le monde doit être communiste et ça se passera bien.

- Chez nous, tout le monde ne doit pas être au garde-à-vous…
- … Et ça ne se passe pas mal, c'est vrai. Vos dirigeants sont plus malins que les nôtres. Ils sont arrivés à faire croire à votre peuple qu'il est libre. Alors le peuple leur fout à peu près la paix. Nous, on ne sait pas faire. Alors on tape.

J'avais été assez édifié par ce cours inhabituel de marxisme-léninisme. Je n'allais pas discuter plus avant avec Vladimir. Après tout, la Tchécoslovaquie était dans leur zone d'influence, ils y faisaient ce qu'ils voulaient.

- Tiens, lui avais-je rétorqué, tant qu'à faire de taper dans quelque chose, allons taper dans la petite balle blanche !

Et nous étions allés faire une partie de tennis.

Ce soir, Monseigneur et moi parlons aussi des affaires locales ; de la grande grève qui a eu lieu en mai-juin à Zouerate, au nord du pays dans les gigantesques mines de fer de la MIFERMA. Les quelque trois mille cinq cents ouvriers de la mine avaient cessé le travail pour obtenir une augmentation de salaire. La répression de l'armée et des milices de la compagnie avait été sanglante. Le travail avait repris en juin, avec une promesse d'augmentation de 10% à compter du 1er septembre.

Monseigneur pratique la charité chrétienne et trouve que les actionnaires qui contrôlent la

MIFERMA n'ont pas été très charitables ni généreux.

- Vous savez, Monseigneur, je suis sûr que les groupes Thyssen, Usinor, British-Steel etc... qui détiennent la MIFERMA font preuve de la plus grande charité chrétienne dans leurs pays respectifs. Mais sans doute pensent-ils que cette vertu n'a pas lieu de s'appliquer dans un pays mahométan...
- Charly, tu es cynique !

Je me demande parfois si ce n'est pas un peu le cas.

Quoiqu'il en soit, pensé-je, il me va falloir commander des caisses plus grosses pour mes expéditions.

Tous les deux mois en effet, l'établissement bancaire où j'exerce est en charge d'expédier par avion à Zouerate la paie des ouvriers. Les billets et pièces correspondants sont placés dans une caisse cerclée et scellée que je convoie personnellement jusqu'à l'aéroport. En octobre, la caisse était pleine à craquer et je dus en ressortir un sac de pièces et le remplacer par une liasse de billets. Avec 10% de volume en plus, ça ne passe pas. Qu'est-ce qu'ils ont besoin de les augmenter comme ça, leurs ouvriers !...

*

Je suis plongé dans ces sombres pensées quand j'avise un vieux petit homme rougeaud en train d'embrasser Ramatoulaye à bouche que veux-tu. Mon voisin observe la même scène avec, me semble-t-il, un peu de jalousie. Pourtant, je pensais que les évêques étaient plus portés sur les petits garçons que sur les jeunes filles. Bah, il faut se méfier des idées préconçues.

Moi, je ne suis pas jaloux parce que je connais le contexte.

Ramatoulaye est née en 1943 à Nianing, petit village peuplé de Lébous – sous-ethnie wolof – sur la Petite-Côte, au sud de Dakar.

Elle a fait ses études de comptabilité chez les bonnes-sœurs de l'Ecole de la Cathédrale, à Dakar. Elle a ensuite commencé à travailler comme caissière au supermarché de la Place de l'Indépendance. Là, elle a rencontré un jour un riche client, un Syrien, qui lui a proposé de le suivre à Nouakchott pour tenir la comptabilité du bizness qu'il allait monter là-bas.

Les Syriens et les Libanais sont forts. Ils tiennent presque tout le commerce à Dakar. Ils sont riches. Ils font aussi de l'import-export. Et ils sont séduisants. Ils ont de belles villas, de grosses autos et plein de bagues aux doigts.

Le Syrien proposa donc à Ramatoulaye de l'accompagner de l'autre côté du Fleuve. Il lui proposa bien sûr autre chose aussi … qu'elle dut accepter et sur quoi je ne m'étendrai pas.

Elle accepta donc, au grand dam de ses parents qui étaient du genre traditionnel et voyaient d'un mauvais œil leur fille partir à l'étranger avec un Blanc. Daniel, le Syrien, promit de l'épouser bien vite et, en attendant, fit quelques menus cadeaux aux parents en manière d'avance sur dot.

Tout s'arrangea ainsi au mieux et nos deux aventuriers prirent la route de la Mauritanie.

Arrivée à Nouakchott, Ramatoulaye déchanta assez vite. En trois mois, Daniel pluma son associé Mauritanien et partit avec le capital de l'entreprise lancer une nouvelle affaire à Conakry, en Guinée. Il était parti avec la caisse, mais sans Rama.

Que faire ? Rentrer à Nianing, le village dont elle était originaire ? Il ne pouvait en être question. Nianing est un petit village où tout le monde se connait. Le père de Rama, qui possédait trois taxis-brousse était un notable du lieu et son oncle Abdoulaye était l'imam de la bourgade !

Elle décida de demeurer à Nouakchott. Quand le temps aura passé et qu'elle aura mis de côté un peu d'argent, elle pourra rentrer au pays. C'est tout du moins ce qu'elle pensait. Elle chercha un travail de comptable.

Ramatoulaye Diouf cumulait à cet égard deux handicaps : elle était noire et sénégalaise.

En Mauritanie, il existe trois castes et demie.

La première est celle des Beïdanes, ce qui veut dire « blanc » en langage local. Les Beïdanes, qui sont souvent fort métissés et pas très blancs, sont les descendants des seigneurs du désert. C'est la caste traditionnellement dominante et, accessoirement, esclavagiste.

La seconde est celle des Harratines. Ceux-ci, qui sont souvent tout aussi métissés que les Beïdanes, sont les descendants des esclaves affranchis. Ils sont d'une caste inférieure et ne peuvent accéder à de hautes fonctions sociales.

La troisième est constituée des Wolof, Soninké, Bambara, Peulhs et autres Toucouleur, peuples noirs que le colonisateur, en traçant inconsidérément la frontière au milieu du Fleuve, a rejetés en Mauritanie. Ces peuples jadis razziés par les Beïdanes pour être réduits en esclavage se trouvent maintenant citoyens du pays des anciens esclavagistes, leurs anciens maîtres…

… Anciens ?... Il y a toujours de l'esclavage, en République Islamique de Mauritanie. Les esclaves constituent donc une sorte de quatrième demi-caste. Il est vrai que l'on parle de plus en plus d'abolir l'esclavage, mais ce n'est pas simple. De gros intérêts financiers sont en jeu. Il faudrait dédommager les propriétaires.

En raison de cette organisation sociale, les Noirs mauritaniens n'obtiennent un travail que quand un Beïdane ne veut pas le prendre. Et un Sénégalais, que quand un Noir Mauritanien ne l'aura pas pris.

Ramatoulaye avait donc deux handicaps négatifs mais elle disposait d'un troisième qui était positif : elle était jeune et jolie.

Elle finit par trouver un travail de serveuse à La Croix du Sud, l'hôtel de second rang de l'avenue de l'Indépendance. Et là, de serveuse servante, on la transforma bien vite en serveuse montante…

2

CHARLES

En regardant Ramatoulaye et Christian enlacés, je me remémore tout ceci.

Christian, c'est le commissaire Galtier. Ou plutôt, l'ancien commissaire, présentement conseiller au ministère de l'Intérieur Mauritanien, après avoir exercé un temps cette fonction au Sénégal. Il est détaché par la place Beauvau au titre de la coopération.

Le commissaire Christian Galtier est petit, gros, chauve, voûté, rhumatisant, alcoolique et vieux : au moins soixante ans. Il vient presque tous les soirs au Club, souvent après être allé manger un couscous à la Croix du Sud. C'est là qu'il a rencontré Rama. L'a-t-il rencontrée quand elle servait à table, ou quand elle exerçait à l'étage ? Ceci demeurera un secret entre eux... mais j'ai ma petite idée là-dessus !

Ce qui est sûr, c'est qu'il a jugé qu'elle valait mieux que le sort qui était le sien.

Il l'a sortie de son bordel et a usé de son influence pour la faire engager au Club. Elle sert au bar et tient la comptabilité. Elle lui en est à tout jamais reconnaissante ; et moi aussi !

Il vient s'asseoir près de nous.

- Bonjour Commissaire ! lui lance l'évêque.
- Conseiller, Monseigneur, conseiller.
- C'est vrai… mais, dites-moi, vous leur donnez beaucoup de conseils ?
- Autant que vous faites de conversions, Monseigneur !

Nous rions tous trois de bons cœur.

Je n'ai jamais bien compris ce que fait exactement le commissaire à Nouakchott. Il est officiellement attaché au Ministère de l'Intérieur, département de la Police Nationale. J'imagine qu'il doit être une sorte d'espion, de barbouze ; sans doute placé là par le gouvernement français dans le cadre de ce que l'on appelle la « France-Afrique ».

Pendant que l'évêque et l'espion devisent de bon cœur, je me rappelle…

*

… Dès mon arrivée à Nouakchott je pris mes habitudes au Club.

J'y rencontrais régulièrement le commissaire. Bonjour, bonsoir, rien de plus.

Et puis un jour de mars, j'eus une embrouille avec un policier. Il m'avait arrêté parce que j'avais prétendument brûlé un feu rouge. Des feux de circulation, il doit en tout et pour tout en exister une demi-douzaine à Nouakchott ; tous à proximité du

24

palais présidentiel. Je passais par là en revenant du Club, j'avais un peu bu. Un policier m'avait arrêté. Je m'étais énervé.

C'est idiot et c'est ce qu'il ne faut jamais faire. Ce brave policier ne m'avait arrêté que pour me racketter un peu, comme ça se fait couramment. C'est la coutume. En temps normal, je lui aurais tendu mon permis de conduire avec un billet de cinq cents Francs plié dedans. Il m'aurait rendu le permis sans le billet. « Merci, Monsieur ! » « Merci, Brigadier » ! et l'affaire aurait été réglée. Mais bêtement, je me suis énervé. Et comme il y avait des spectateurs, je ne pouvais bien vite plus arranger le coup. Il m'avait emmené au commissariat principal.

J'étais bien ennuyé. Je ne savais pas comment me comporter avec le commissaire-adjoint qui officiait ce soir-là. Devais-je ouvrir mon portefeuille ? Ne risquais-je pas d'aggraver mon cas pour corruption de fonctionnaire. Finalement, je lui demandai d'appeler le conseiller Christian Galtier qui, lui dis-je, était aussi mon avocat. « Comment ? » « Mais si, monsieur le commissaire. Chez nous, c'est comme ça. Les policiers sont aussi avocats : c'est bien connu. » Connaissait-il ce détail du droit et des coutumes français, ou bien s'en fichait-il parfaitement et voulait-il seulement régler l'affaire au mieux de ses intérêts, mais toujours est-il qu'il composa le numéro de téléphone du Club où j'étais certain de trouver mon poivrot.

Le commissaire Ould Houaddah détailla le cas à Galtier. Ils discutèrent un moment puis le commissaire me passa le combiné. Galtier m'expliqua qu'il avait négocié une amende de cinq mille francs payable en liquide, « pour les bonnes œuvres de la police ». Bien sûr, Le commissaire principal Ould Houaddah partagera - plus ou moins équitablement - avec son agent, m'expliqua-t-il.

Je payai, saluai poliment le commissaire-adjoint et l'agent, repris ma voiture et rentrai chez moi.

C'est en roulant que je me souvins que mon patron, Michel Montigny, m'avait dit que nous gardions précieusement toujours un découvert aux comptes de tous les policiers pour disposer d'un petit moyen de pression en cas d'ennui. Les vapeurs d'alcool avaient effacé ceci de ma mémoire.

Quoiqu'il en fût, j'étais reconnaissant envers le conseiller Galtier pour son intervention efficace et, dès le lendemain, je l'appelai pour le remercier et l'inviter à déjeuner.

Le déjeuner dura longtemps : le commissaire-conseiller était un goinfre. Et mon boy, Bakary, faisait une cuisine digne de celles des plus grands chefs. Il nous avait préparé des langoustes à la mayonnaise, pour commencer ; et un tajine d'agneau aux tomates pour suivre. J'avais sorti une bouteille de Fleurie, breuvage dont je savais que mon hôte l'appréciait particulièrement. Au moment du fromage, Galtier avait la moustache jaune de mayonnaise et la barbe rouge de sauce tomate. Ça lui faisait une décoration tout à fait seyante.

J'étais encore un jeune arrivant dans le pays et, pendant qu'il bâfrait, je l'interrogeai pour en savoir plus sur différents sujets : la politique, l'économie, les réseaux de pouvoir etc… Quand on arrive quelque part, il faut toujours savoir où l'on doit poser ses pieds. Et puis la Mauritanie est un pays islamique, tout nouvellement indépendant, stratifié en castes et à l'économie et à la sociologie compliquées, incertaines et instables. J'avais donc beaucoup à apprendre.

Il me répondit très aimablement. Puis, entre la poire et le fromage, il me demanda :

- La MIFERMA, c'est quoi pour toi ?

La différence d'âge faisait que le commissaire me tutoyait et que je le voussoyais. A l'époque, je ne l'appelais pas non plus par son prénom.

- La MIFERMA ? C'est la société des Mines de Fer de Mauritanie. C'est la plus grande boîte du pays, le plus gros compte de la banque.

Je tenais le compte MIFERMA, qui était aussi partiellement géré à l'agence de Nouadhibou et à la sous-agence de Zouerate.

Il renifla un peu, se moucha dans sa serviette, reprit une gorgée de Fleurie et me dit :

- Pour toi, la MIFERMA, c'est un gros compte ?...
- Oui.
- En vrai, ce n'est pas ça.
- C'est quoi ?
- La MIFERMA, c'est la Mauritanie !

C'était abrupt mais ça ne m'étonnait pas tant que ça. Michel, mon patron alcoolique, m'avait déjà vaguement entretenu de ceci entre deux semi-comas éthyliques. Je comprenais mieux certaines choses, soudain. Il reprit :

- Tu connais Zouerate ?
- De nom… c'est l'ancien Fort-Gouraud…

- Mais encore ?
- C'est là qu'il y a les mines…
- C'est là où tu envoie tous les deux mois de l'argent liquide pour la paie des ouvriers, n'est-ce pas ?
- Oui, c'est ça.
- Et tu n'y es jamais allé ?
- Non.
- Il faut avoir vu ça, petit. Ce n'est qu'après que l'on peut prétendre comprendre le pays.

J'avais entendu parler de la mine de fer. Michel Montigny, le patron officiel de la BIAO, la banque où j'opérais, m'en avait entretenu une fois ou deux. Et Abderrahmane ould Badaoui, mon adjoint, aussi. Je m'étais promis de m'y rendre un jour mais je n'en avais pas encore eu l'occasion.

- Ça t'intéresserait d'y aller ?
- Bien sûr !
- J'y vais demain. Si tu veux m'accompagner ?
- Mais… l'avion de Zouerate ne circule que les mardis et samedis !

Ça le fit rire.

- Tu ne crois pas que je vais voyager dans les cercueils volants d'Air Mauritanie, ni me faire piloter par ces aventuriers alcooliques turcs, albanais ou serbo-croates qu'ils ont engagés ? Non, je prends un avion de la présidence. Moktar dispose d'un Beechcraft-23, d'un Fokker F27 et d'un Tupolev 104 de cinquante places. Je me contenterai du Beechcraft.

J'étais impressionné. Le commissaire parlait du Président en l'appelant tout simplement Moktar. Et

puis, il utilisait les appareils de la flotte présidentielle !
Il poursuivit.

- Si tu veux, trouve-toi à l'aérodrome demain
matin à sept heures moins le quart. Nous
décollerons au lever du jour. Il y a un peu
moins de trois heures de vol. Nous reviendrons
le soir.

*

Le lendemain matin, j'étais à six heures et demie
sur la piste de l'aérodrome, installation qui est trop
sommaire pour que l'on puisse lui attribuer le nom
d'aéroport.

Le Beechcraft ne comportait que quatre places :
deux devant au poste de pilotage et deux derrière pour
les passagers. Entre nous, nous avions une sorte de
petite console sur laquelle Galtier avait disposé un
thermos de café, un sachet de croissants au beurre et,
bien sûr, une topette de whisky. Il ne s'embarquait pas
sans biscuits, monsieur le conseiller à la sécurité
intérieure.

Je connaissais le pilote. Il s'appelait Faruk Boczir.
C'était un Turc, ou un Albanais ou quelque chose
comme ça. Le commissaire m'avait fait part hier de sa
prévention à l'égard des Turcs et autres Albanais d'Air
Mauritanie. Mais il ne devait y avoir que ce genre
d'aventuriers anciens combattants pour accepter de
piloter ici, même dans la flotte présidentielle !

J'avais croisé Faruk une fois ou deux dans un de
ces lieux maudits de la ville d'où l'alcool n'était pas

banni. Ce matin, il avait l'air d'avoir l'esprit à peu près clair. Comme il était seul aux commandes, ça valait mieux.

Dès que nous eûmes décollé, Galtier fit le service : une grande tasse avec deux tiers de café et un tiers de whisky, et des croissants. C'était une bonne idée : j'étais parti le ventre creux. Il fit passer une tasse de café à Faruk ; sans whisky !

Quand notre repas fut fini, il alluma un cigare, le fuma pensivement puis, quand il eut terminé, écrasa son mégot et s'endormit.

Au prix d'un peu d'acrobatie, je me glissai sur le siège à côté du pilote. De là, la vue était meilleure et ça donnait un peu de compagnie. Le bruit de l'avion gênait quelque peu la conversation, mais moins que les ronflements du passager de la banquette arrière !

J'entrepris quand même de converser avec Faruk :

- Tu voles beaucoup ?
- Pas sur cet avion. Le Président préfère le Tupolev. Il est bien aménagé : salon, cabine de cinéma, chambre… comme ça, quand il va à Dakar ou à Nouadhibou… ou même à Boutilimit, la ville sacrée, pour faire le pèlerinage, il n'a pas le temps de s'ennuyer : il emmène toujours une secrétaire avec lui. Une nouvelle, en général…

Est-ce que c'était vrai ou est-ce que Faruk voulait m'épater ? Après tout, c'était bien possible.

- … Tiens, une fois que je l'emmenais au pèlerinage… tu sais qu'il n'y a que deux cents kilomètres de Nouakchott à Boutilimit… eh bien, j'ai dû faire des ronds autour de la ville sainte pendant une heure. Quand il est enfin sorti de la chambre, il a demandé d'un air étonné à l'hôtesse : « on est déjà arrivé ? »

L'anecdote était plaisante mais je trouvais que Faruk manquait un peu du sens de la confidentialité. Bah, j'étais un banquier et lui un aventurier ; turc ou albanais, qui plus est !

- Alors tu voles d'habitude sur le Tupolev ?
- Oui, cet avion-ci, c'est Zlatko, l'ancien Oustachi, qui le pilote... ça doit le changer du Stuka avec lequel il arrosait en piqué, en 42, les colonnes de réfugiés serbes !

Il y avait vraiment de tout, dans l'aviation mauritanienne : des Serbes, anciens de l'Armée Rouge et des Croates qui avaient combattu avec les Nazis. Il faut de tout pour faire un monde !

- Et ce Beechcraft, on peut faire des piqués avec ?
- Demande à Zlatko ! C'est pas moi qui vais essayer ! Je ne sais déjà pas trop comment ça vole normalement... c'est bizarre, cet avion...

Voici qui était rassurant ! Je me dis qu'il valait mieux que je ne dérange pas trop Faruk dans son travail. Je me concentrai donc sur le paysage qui défilait cinq cents mètres sous nos ailes. Il n'y avait pas vraiment de quoi se concentrer, hélas. Il n'y avait rien. Rien de rien !... si l'on excepte du sable, du sable, encore du sable, toujours du sable et quelques rochers.

Tout était jaune ou parfois gris-jaune, ou même franchement gris, ou noir, dans des secteurs montagneux qui devaient être fort minéralisés. Mais pas une tache de vert, par un arbre, pas un brin d'herbe. Je pensais que j'étais venu ici pour fuir les forêts franc-comtoises et que je n'avais donc pas à me plaindre. Mais je pensais aussi, avec un léger sourire amer, que si l'on avait mis en ces lieux une de nos bonnes vaches comtoises, elle serait morte de désespoir avant même de mourir de soif ! Eh oui, c'est ça, le Sahara.

J'avais fait part de mon étonnement à Faruk.

- Tu ne verras pas d'arbres, en Mauritanie. Ça n'existe pas. Ou alors, il faut aller tout au sud, sur la rive du fleuve Sénégal. Là, on irrigue et l'on cultive le riz et les légumes… mais je ne suis pas sûr que tu y trouves des vaches !

Quand nous avions quitté Nouakchott, nous avions mis le cap au nord-est pour un trajet de sept cents kilomètres à travers le désert. Il fallait juste veiller, après quatre cents kilomètres, à tirer un petit bord vers l'est pour éviter de survoler le Rio de Oro. La région est en rébellion permanente. Les Sahraouis luttent contre l'Espagne qui les contrôlent, et le Maroc qui voudrait les contrôler. Alors, quand ils ont l'occasion de récupérer auprès des troupes espagnoles ou marocaines un petit missile en état de marche, ils l'essaient volontiers sur les avions de passage.

Quand nous passâmes au droit d'Akjoujt, je demandai à Faruk si l'on pouvait descendre un peu pour voir l'oasis.

- Il n'y a pas d'oasis à Akjoujt, me répondit-il, juste deux ou trois puits. Quand on gratte la terre… enfin, le sable, on ne trouve que du cuivre !

C'était mon second client par ordre d'importance qui opérait à Akjoujt : la SOMIMA, la Société des Mines de Mauritanie. Voyant ma déception, Faruk me dit :

- Quand on arrivera à Atar, dans une demi-heure, je te ferai faire un détour par l'oasis de Terjit, dans la vallée. Tu devrais y aller un jour en voiture, ça vaut la peine.

Une demi-heure plus tard, Faruk fit descendre le Beechcraft jusqu'à une vingtaine de mètres du sol et, à l'issue d'une large boucle sur la droite, le plongea soudain au cœur d'une gorge étroite.

L'oasis défilait juste en-dessous de nous à plus de deux-cents kilomètres à l'heure. Nous frôlions la cime des palmiers dattiers et nous étions encadrés de deux collines aux pentes abruptes et sombres nous dominant de plus de cent cinquante mètres. Le spectacle était impressionnant : l'oasis verte, la terre rouge et les versants noirs de collines !... je me souvins soudain que Faruk m'avait dit qu'il ne maîtrisait pas le pilotage du Beechcraft :

- C'est super, Faruk ! Mais on pourrait peut-être remonter. Je ne voudrais pas que l'on mette en retard monsieur le conseiller.
- Je ne sais pas comment on remonte, avec ce putain d'avion !

Là, j'eus un moment de vraie panique ; avant de réaliser que le pilote se fichait de moi. Il partit d'un rire gigantesque, tels que seuls les Turcs - ou les Albanais - peuvent en émettre. Je ris aussi. Par politesse, mais un peu jaune…

Tout ceci avait réveillé le conseiller. Je remerciai Faruk et rejoignis, au prix d'une nouvelle acrobatie, le siège arrière.

- Il t'a fait le coup de l'oasis de Terjit, me demanda Galtier, hilare ?
- Comment avez-vous deviné ?
- Il le fait toujours ! Mais avec le Tupolev, c'est encore plus impressionnant. Tiens, bois ça pour te remettre.

J'acceptai, bien qu'un whisky à neuf heures et demie ne soit pas dans mes habitudes. Il faut bien se remettre de ses émotions.

Un peu avant dix heures, nous survolons la ligne de chemin de fer destinée à convoyer le minerai de Zouerate à Nouadhibou.

Par le hublot, je regarde un train qui avance lentement, tracté par cinq locomotives diesel. Galtier se penche vers moi :

- C'est le train le plus long du monde ! Et le plus lourd. Jusqu'à 220 wagons, plus de deux kilomètres de longueur, 20.000 tonnes de minerai. Chaque loco diesel développe 2.500 CV.
- Combien de temps met-il pour rejoindre Nouadhibou ?
- Il parcourt près de 700 kilomètres à 35 km/h de moyenne, ça fait euh…
- Vingt heures.

J'ai toujours été bon en calcul mental ; surtout quand le calcul est facile !

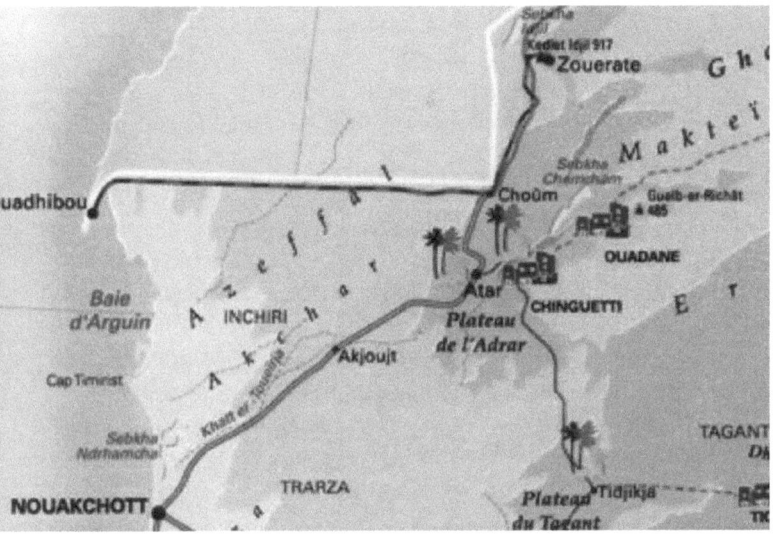

Il reprend :
- Vingt heures, c'est quand tout va bien. Mais, tu sais, en Afrique : le temps…

Il allume un cigarillo et nous en offre un. Faruk met le sien derrière l'oreille, pour l'arrivée. Il ne fume pas pendant le service.
- Il y a entre deux cents et deux-cent-vingt wagons, et toujours deux voitures de passagers à l'arrière. Tu te rends compte, elles sont situées à plus de deux kilomètres des locomotives !
- Vous avez déjà fait le voyage, Commissaire ?
- Tu plaisantes ? Passer près de vingt-quatre heures enfermé avec quelques dizaines de Beïdanes en chaleur, pour un beau jeune

homme comme moi, ce ne serait pas sérieux !
Je tiens à ma virginité... au moins à celle-
là !... Mais, si le cœur t'en dit...

A la réflexion, je préfère le Beechcraft de la
Présidence.

Nous atterrissons et saluons le directeur du site,
monsieur Bernard Monin – « Bernard l'ermite »,
pensé-je finement en faisant référence à l'isolement du
lieu - qui est venu accueillir le « conseiller » à sa
descente d'avion. Le commissaire-conseiller est un
personnage encore plus éminent que je ne le pensais.

Nous montons dans une Land-Rover qui nous
amène à la mine.

- Mon jeune ami ne connait pas le site, Bernard,
  pourrait-on le lui faire visiter avant toute
  chose ?

Dix minutes plus tard, nous sommes au bord du
« trou » ! C'est un trou gigantesque qui doit faire près
de trois cents mètres de profondeur sur deux
kilomètres de diamètre.

- On va au fond, Christian ? demanda le
  directeur en riant.
- Au fond, répond le commissaire !
- Tout droit ?
- Tout droit ; Jean-Claude, tout droit !

Le commissaire éclate de rire, se renverse sur son
siège et allume un petit cigare.

- A toi de jouer, Ali ! dit directeur au chauffeur
  qui accélère soudain et lance la Land-Rover
  vers l'engin de chantier qui est placé entre
  nous et la mine.

Je baisse la tête instinctivement et retiens à grand mal un petit cri. Notre voiture s'arrête juste avant de s'engager entre les quatre roues gigantesques du monstrueux *dumper*.

- Avec mon cabriolet Peugeot, je passe sans problème en-dessous, dit le directeur. Mais la garde au sol du *dumper* n'est que d'un mètre cinquante. La Land-Rover ne passe pas ! Quand vous reviendrez, monsieur Fleury, j'irai vous accueillir avec ma voiture.

Les trois hommes se mettent à rire quand Ali fait sa marche arrière. Ce doit être une farce que l'on réserve à tous les nouveaux visiteurs. Je ne ris pas.

- On descend, Patron ? demande le chauffeur.
- Vas-y, mais pas trop vite quand même, ça glisse.

Nous descendons alors au fond de la mine par une piste en lacets tracée à flanc de montagne. La piste dessine des sortes de gradins, du sommet jusqu'au fond. C'est vertigineux. On croirait un stade destiné à accueillir des géants. Au fond, dans l'arène, on imagine la demeure du diable…

A l'occasion, au cours de notre descente aux enfers, nous devons nous arrêter pour laisser passer un camion lourdement chargé ; de quelque deux cent tonnes de minerai, me précise-t-on.

Quand nous sommes au fond, monsieur Bernard Monin me dit.

- Il n'y a plus grand-chose à tirer de cette mine. Dans un an, nous en cesserons l'exploitation.
- Et le site fermera ?

- La mine, pas le site. Il y a, dans un rayon d'une vingtaine de kilomètres, deux autres gisements en exploitation et une réserve estimée d'au moins deux cents millions de tonnes de minerai. Comme nous vendons environ dix millions de tonnes par an, il y a encore de quoi faire…

Je jette un coup d'œil à monsieur Monin. Il doit avoir une bonne cinquantaine d'années. Il peut être tranquille : la mine l'accompagnera jusqu'à sa retraite !

Nous remontons et sortons du gouffre. Quand nous sommes revenus au niveau du sol, monsieur Monin me désigne de la main une montagne noire qui doit bien faire cent-cinquante mètres de haut.

- Revenez me voir dans dix ans, monsieur Fleury. Vous ne verrez plus cette montagne. Elle aura disparu. Elle aura pris le train…

Cela fait rire très fort Ali, le chauffeur.

- Ah ! Patron, tu as toujours le mot pour rire ! la montagne qui prend le train…

Les Maures ont-ils un plaisir particulier à voir voyager les montagnes, ou bien le chauffeur fait-il preuve d'un certain sens politique à l'endroit de son patron ?

Le directeur reprend :

- Il y a trois mille cinq cents ouvriers ici, monsieur Fleury, trois mille cinq cents magiciens. Ils font disparaître des montagnes, les envoient au-delà des mers et, grâce à eux, nous pouvons construire dans nos pays ces millions de cercueils roulants qu'on appelle automobiles… j'ai vu qu'il y avait encore eu, rien qu'en France, plus de quinze mille morts sur les routes l'année dernière. Et le record sera battu cette année !

Je me garde de dire à monsieur Monin que l'on n'utilise pas le fer que pour fabriquer des automobiles : le sujet a l'air de lui tenir à cœur.

Je lui pose une question, un peu naïve comme en posent les nouveaux venus :

- Dites-moi, monsieur Monin, pourquoi n'a-t-on jamais pensé à transformer le minerai ici ou à Nouadhibou au lieu de l'exporter ?
- Il n'y a pas de source d'énergie.
- On pourrait faire venir du charbon ou du pétrole à Nouadhibou… On construit bien en ce moment une usine sidérurgique à Fos-sur-Mer où il n'y ni pétrole ni charbon… On conserverait ainsi au pays une part de valeur ajoutée…
- La réponse à votre question est dans sa formulation, monsieur Fleury. Les gouvernements européens préfèrent sans doute se conserver toute la valeur ajoutée.
- La « France-Afrique », demandé-je en regardant le « conseiller » Galtier ?
- Il est des gens qui appellent cela comme ça…

Il me semble plus convenable de ne pas insister.

Nous circulons encore un moment à travers l'immense chantier. Il y a effectivement deux autres mines à ciel ouvert.

Ici et là, j'admire les gigantesques engins de chantier, une pelle sur chenille de plus de quatre-vingt mètres de haut, des chargeuses de soixante-quinze tonnes, des *dumpers* de trois cents tonnes ; des monstres dont on se demande comment ils peuvent se mouvoir.

Il est maintenant midi et la chaleur devient écrasante. Il ne doit pas faire loin de 40°C.

- C'est l'heure du Berger ! s'écrie monsieur Monin. Ali boira du thé à la menthe en pensant à son troupeau… mais pour nous, j'ai une bonne bouteille de pastis !

Il trouve sa plaisanterie très drôle et part d'un gigantesque éclat de rire. Nous rions aussi tous trois à cette saillie qui doit faire partie du rituel des visites de la mine.

*

Nous étions dans l'avion du retour.

Par le hublot, je voyais le soleil s'incliner vers l'horizon. Au loin, j'apercevais l'océan, signe que nous étions proches du but.

Le commissaire avait fumé des cigares pendant tout le voyage, et bu des bières pendant une bonne partie. Il n'avait fait que de brèves poses pour relancer sa machine à ronflements pendant quelques minutes.

Entre deux cigares, il avait pris soudain un air des plus sérieux pour me demander :

- Sais-tu quelle est la différence entre la Mauritanie et le Vatican ?
- Non.

- Eh bien, en Mauritanie, ils ont du fer à ne savoir qu'en foutre, et au Vatican c'est le contraire !

Il avait alors éclaté d'un grand rire sonore, dans lequel je l'avais accompagné ; et Faruk aussi, qui ne devait pas encore la connaître.

Alors, heureux d'avoir énoncé ce profond apophtegme, Galtier s'était de nouveau assoupi un moment.

Quand Faruk commença sa descente vers Nouakchott, le commissaire se pencha vers moi et me dit :

- Voilà, monsieur le banquier : en moins d'une journée, vous avez découvert l'économie de la Mauritanie…
- A ce point-là ?
- A ce point-là, oui ! La MIFERMA représente 95% des revenus du pays. Ses actionnaires sont les plus grands aciéristes européens : British-Steel, Usinor, Italsider, Thyssen… Ce sont aussi ses clients. Ces actionnaires-clients souhaitent conserver la sécurité de leurs investissements et de leurs approvisionnements…
- Je comprends.
- … et pour ceci ils font confiance à la France… pour que le pays demeure stable, que les ouvriers ne s'agitent pas trop et que le gouvernement n'ait pas d'excessives velléités d'indépendance… euh… « l'indépendance », ils l'ont, paraît-il… Disons, d'autonomie…

- Et c'est pour cela que la place Beauvau a délégué le commissaire Galtier à Nouakchott ?
- Pas la place Beauvau, petit, l'Elysée... mais je n'ai aucun pouvoir, ici. je voyage, je rencontre, je regarde, j'écoute, j'entends, et je rapporte : c'est tout. Et si je sens de l'eau dans le gaz, je préviens qui de droit, et les hautes instances parisiennes agissent.
- Seriez-vous une sorte d'espion, commissaire ?
- Oh ! C'est un gros mot, ça ! Mais non. Un espion a une activité secrète, par définition. Moi, tout le monde sait quel est mon rôle. On le sait aussi bien au Club qu'au Palais présidentiel. On m'aime bien au Club parce que je consomme beaucoup...
- Et au Palais ?
- On me supporte parce qu'on n'a pas le choix. Ça fait partie du *deal* avec la France. Alors Moktar me prête son avion à l'occasion...

Nous étions arrivés. Je saluai le commissaire sur le tarmac. Je le remerciai de cette journée, repris ma voiture et rentrai chez moi.

J'avais appris beaucoup de choses au cours de ce voyage. J'en avais compris pas mal aussi.

Depuis ce jour, j'ai souvent revu le commissaire Galtier. Nous avons noué des liens de sympathie. Nous nous voyons régulièrement au Club. Il ne joue pas au tennis, bien sûr. Le malheureux ne tiendrait pas dix minutes. Transpirer du whisky est dangereux, à ce qu'on dit.

Nous nous retrouvons au bar et devisons en plaisantant avec Ramatoulaye. Je bois pas mal ; lui : beaucoup.

Plus il boit, plus il se lâche et plus il devient grivois avec Ramatoulaye. Elle ne s'en offusque pas : Rama a le sens de l'humour et un certain détachement.

Et puis elle connait les hommes. Elle sait comment les attirer et comment les tenir à distance ; comment en tirer le maximum sans trop se découvrir. Elle n'a fait qu'un baccalauréat technique de comptabilité mais, par moments, je pense qu'elle en connait plus en psychologie que bien des professionnels du divan. Comme quoi, on en apprend sans doute davantage sur les lits des bordels que sur les divans du docteur Freud !

C'est tout ça qui m'amuse, chez elle ; et qui m'attire. Est-ce que je suis amoureux ? Je préfère ne pas me poser la question : je suis trop jeune.

De la part du commissaire, je sens une vraie affection pour ma compagne. Je sais comment il l'a connue, quand elle était serveuse montante à la Croix du Sud. Il l'a alors sortie d'une spirale dans laquelle elle aurait pu être engloutie à tout jamais. Elle lui en est sincèrement reconnaissante et ça a créé un lien amical entre eux. Alors, quand il lui sort ses bêtises et ses gauloiseries, je sais comme elle que c'est une sorte de marque d'affection, à sa manière, et qu'il n'y a pas lieu de s'en offusquer… Ses gauloiseries ?... Il y en a une qu'il affectionne particulièrement. Quand Ramatoulaye vient le servir avec une bouteille de Johnny Walker, il lui dit fréquemment :

- Non, petite, donne-moi plutôt du Black & White… tu sais avec le petit chien noir et le petit chien blanc qui sont prêts à faire des galipettes ensemble… ça me rappellera des souvenirs, ajoute-t-il avec un clin d'œil peu discret.
- Commissaire, vous êtes un gros cochon, lui répond alors Rama en riant, et n'oubliez pas qu'il s'agit là d'un animal assez mal considéré en notre bonne République Islamique !

Et ils rient tous les deux.

*

Il est dix heures.

Nous terminons notre whisky, le commissaire, l'évêque et moi, en grignotant des cacahuètes grillées et en déclinant les petits potins de la ville. J'allume une Bastos, cette cigarette tout à fait infecte que j'ai adoptée afin de réduire ma consommation. Je n'en offre pas à mes compagnons. En matière de fumée, le commissaire préfère le Havane et l'évêque, l'encens.

J'avise soudain Milos et Werner qui pénètrent sur la terrasse. Je leur fait un signe, m'excuse auprès de Monseigneur et du commissaire et m'adresse à Ramatoulaye en riant.

- Rama, ne laisse pas nos amis la gorge sèche : ça pourrait leur faire du mal.
- OK, Charly !

L'évêque, qui a déjà bien bu, ne prend pas très bien que je l'associe ainsi avec ce poivrot de commissaire :

- Charly, n'oublie pas que l'impertinence est un péché majeur !
- Il vous faut pourtant un peu de dopage, Monseigneur, si vous voulez entreprendre de convertir le commissaire.

Je lui fais un clin d'œil complice et me dirige vers la table où sont déjà assis mes deux amis.

*

En m'éloignant je regarde Monseigneur du coin de l'œil et je vois qu'il laisse trainer un regard un peu langoureux sur la croupe de Ramatoulaye. Est-ce parce qu'il voit en elle une proie potentielle pour une éventuelle conversion ? Rama est musulmane mais Sénégalaise. La loi n'interdit la conversion qu'aux seuls citoyens mauritaniens. Ou bien, et ça me semble l'hypothèse la plus probable, l'homme qui se cache sous la soutane de l'évêque est-il ému par la jeunesse et la sveltesse de la jolie Wolof ? Quand même, à presque soixante ans !...

Je rejoins Milos et Werner et, avant de m'assoir, je me retourne vers le bar :

- Rama, apporte-nous trois Gazelle, s'il te plait !

La Gazelle est une bière sénégalaise assez bonne mais très légère. Ça suffira pour commencer. La soirée va être longue et nous avons à faire.

3

CHARLES

Oui, nous avons à faire…

Nous sommes attablés un peu à l'écart, sous l'une des petites paillottes situées autour des deux courts de tennis.

Nous sommes éclairés par une ampoule rose qui pend du toit de la paillotte. Chacune des paillottes dispose en effet d'un éclairage spécifique : bleu, vert, jaune, mauve, violet, orangé, rose… C'est Ramatoulaye qui a peint les ampoules. Elle dit que ça lui simplifie le service et lui permet de mieux situer les consommateurs dans l'obscurité. En tout cas, c'est très élégant !... si on aime cette nature de décoration.

La paillotte à éclairage violet est, par nature, réservée à Monseigneur !

Le midi, les paillottes protègent bien des rayons brûlants du soleil tropical. Le soir, elles font un parfait refuge pour toutes les petites bestioles qui y grouillent. L'expérience m'a fait constater que les bestioles affectionnaient assez peu la couleur rose. J'en ai parlé avec mon copain Etienne qui mène ici des études entomologiques approfondies. Il n'a pas semblé convaincu. C'est l'éternel débat entre la science et l'empirisme ! Quoiqu'il en soit, j'ai une prédilection marquée pour la paillotte rose, et j'ai su la faire partager à mes amis Milos et Werner.

Et puis, c'est la plus éloignée du bar et, ce soir, nous avons besoin d'être tranquilles.

Milos et Werner sont deux des pilotes d'Air Mauritanie. Ils font généralement équipe. Ils opèrent sur le DC3 qui relie Nouakchott à Nouadhibou trois fois par semaine et sur d'autres trajets à destination d'Akjoujt, Atar, Chinguetti, Kaédi, Zouerate ou Boutilimit.

C'est une drôle d'équipe ! Rien n'était prévu pour que la vie les réunît un jour, sauf peut-être en plein ciel, ou au fond d'un tombeau des Balkans !...

Milos Milutinovitch a combattu durant la guerre dans un chasseur Rogozarski IK-3 de l'aviation yougoslave, avant d'être abattu au-dessus de la Croatie par un chasseur ennemi, allemand ou italien. Il jure que c'est par un appareil allemand : c'est plus honorable ! Il termina le conflit aux commandes d'un YAK-9D de l'Armée Rouge.

Pendant ce temps-là, Werner Grünewald pilotait un Messerschmitt 109-G de la Luftwaffe.

Durant la guerre des Balkans, au printemps 1941, Milos et Werner furent tous deux impliqués dans les combats aériens où étaient engagées les aviations allemandes, italiennes, yougoslaves et grecques.

Vingt-sept ans plus tard, le soir, sous la paillotte rose, et après avoir bu une bonne quantité de bière sénégalaise, il leur arrive encore de parler de cette époque.

- Tu sais, Werner… c'était en avril, je me souviens… tiens, c'était au dessus de Zagreb que j'ai croisé un groupe de ces enfoirés de Nazis… ils étaient quatre…
- Quatre quoi ?
- Quatre M-109-G… J'en ai descendu trois… tu devais être le quatrième !… Tu as eu de la chance.
- Connard !... Moi, je me souviens bien que je t'ai eu en ligne de mire au-dessus de Sarajevo… soleil dans le dos, tu ne voyais rien…
- Et pourquoi t'as pas tiré ?
- Plus de munitions dans mes canons…
- Tiens, à propos de canons, bois donc un coup !

Milos lui ressert alors une pleine chope de Gazelle ou de Flag et ils rient tous les deux en se donnant de grandes claques dans le dos.

Ah oui, c'est une sacrée équipe ! Ils ont tous les deux dépassé la cinquantaine, maintenant. Bien sûr, ils ne disposent pas des diplômes et certifications requis par l'aviation civile, mais leurs heures de vol en combat (appuyées de quelques documents dûment falsifiés) y suppléent fort bien. Ils communiquent dans un français un peu aléatoire agrémenté de quelques mots d'arabe. Ils se sont en effet rencontrés lorsqu'ils avaient pris des engagements, au lendemain du conflit mondial, dans l'aviation militaire égyptienne.

Ils ont participé à la guerre de 1948 contre l'état naissant d'Israël. Pour Werner, lutter contre les juifs relevait de la routine la plus élémentaire. Pour Milos, c'était nouveau. Mais il faut un commencement à tout, disait-il.

Comme on le sait, les armées arabes ont été vaincues. Alors, nos deux mercenaires ont pensé qu'à trente ans passés il était temps pour eux de revenir à la vie civile. Air Mauritanie recrutait et leur en a donné la possibilité.

La vie civile était malgré tout assez aventureuse :

- Tu te rappelles, Milos, quand on a fait notre *emergency landing* au cap Timiris ? ... hum… « notre » ?... façon de parler : c'est bien toi qui pilotais, n'est-ce pas ?…
- C'est de ta faute, aussi ! Tu as voulu qu'on continue avec un seul moteur !
- Je ne pouvais pas deviner qu'il allait également tomber en panne !

Il y a deux ans, ils avaient dû se poser en bordure de l'océan près du cap Timiris, à mi-chemin entre Nouakchott et Nouadhibou.

Une demi-heure après le départ de Nouakchott, l'un des moteurs du DC3 était tombé en panne. Milos était aux commandes et voulait faire demi-tour. Mais Werner était officiellement commandant de bord : ses diplômes de la Wehrmacht avaient paru plus convaincants que ceux de Milos. Werner avait rendez-vous le soir à Nouadhibou avec une jeune personne dont la compagnie le ravissait. Alors il avait dit sur un ton martial : « Worwäts ! Nach Nouadhibou ! » Ils avaient poursuivi leur route. Hélas, une heure plus tard, l'autre moteur, sans doute agacé de fournir seul le travail, s'était mis en grève à son tour.

Ils avaient cherché un endroit où le désert semblât plat et où le sable parût suffisamment dur pour accueillir l'aéronef en perdition. Bien que le DC3 disposât d'une bonne « finesse » et pût planer ainsi sur une distance égale à près de vingt fois son altitude, il fallait faire vite. Ils ne volaient en effet qu'à 2.000 pieds d'altitude ce qui ne leur laissait que 12 kilomètres environ pour trouver un lieu d'atterrissage.

Ils s'étaient posé. L'avion avait roulé un peu puis les roues avant s'étaient soudain ensablées et l'appareil s'était immobilisé brutalement. Le sol est souvent traître, en Mauritanie.

Les pilotes, qui s'étaient dûment attachés avant l'atterrissage, étaient indemnes. Ils se jetèrent un regard de connivence, accompagné d'une petite grimace ; puis ils se tapèrent dans la main. Finalement, ils ne s'en tiraient pas mal. Et ils n'avaient pas besoin de couper les moteurs pour éviter un incendie, puisqu'aucun des deux ne fonctionnait ! Milos sortit de sa poche une flasque de vodka, en but une rasade et la passa à son collègue. Il fallait célébrer cet atterrissage qui, pour inhabituel qu'il fût, n'en avait pas moins été assez bien réussi.

Faute de schnaps, Werner but la vodka puis, en bon commandant de bord responsable qu'il était, s'exclama : « ... et nos passagers ! »

Ils passèrent alors dans la cabine.

Là, c'était moins brillant : Il y avait à bord dix passagers, sans compter les chèvres, les moutons et les poulets. Le DC3 d'Air Mauritanie sert à la fois de transporteur de passagers, de bétaillère et de cargo. C'est assez courant en Afrique. L'aménagement de l'avion s'y prête bien. Le DC3 est un ancien appareil de la seconde guerre mondiale qui servait au transport de parachutistes. Il est donc démuni de sièges et ne comporte que deux banquettes en forme de bat-flancs alignées de chaque côté de la carlingue. Les bagages et les animaux sont entassés et parqués au milieu.

Les passagers, humains, ovins et caprins avaient été un peu secoués. Par bonheur, ils ne semblaient pas gravement atteints. Mais il y avait un problème : un problème majeur. Il tenait à ce que, pour occuper le temps et calmer leur appétit, les passagers avaient allumé, au centre de la cabine, un petit brasero pour faire chauffer le couscous.

Cette pratique était bien sûr tout à fait prohibée sur les vols d'Air Mauritanie, mais hélas pas tout à fait inhabituelle[1].

Comme il n'y avait pas d'hôtesse de cabine et que la porte avec le cockpit était verrouillée par sécurité, personne n'était à même de faire respecter le règlement ; ni les consignes les plus élémentaires de sécurité. Parfois, l'un des deux pilotes passait dans la cabine en cours de vol pour s'assurer que tout était en ordre. Il leur était déjà arrivé de constater un tel manquement aux règles. Ils y mettaient alors fin au plus vite et dressaient un procès-verbal au contrevenant. Celui-ci était livré aux forces de l'ordre à l'arrivée. Il n'y avait bien sûr aucune poursuite ultérieure, mais c'était la procédure. Ce jour-là,

---

[1] Authentique.

préoccupés par la défaillance successive de leurs moteurs, ils ne s'étaient pas rendus en cabine.

Werner et Milos constatèrent un début d'incendie : des ballots de vêtements appartenant à un commerçant beïdane avaient commencé de s'embraser. Ce qui était plus grave était que c'était aussi le cas d'un poulet. Ses ailes étaient couvertes de flammèches. Alors, fort contrarié par cette situation, le malheureux gallinacé voletait çà et là, en caquetant et en propageant l'incendie à travers la cabine.

Pendant que Werner allait chercher l'extincteur dans le cockpit – on ne le laissait pas en cabine : les passagers eussent pu jouer avec ! – Milos se chargea de l'évacuation.

La porte du DC3 se trouve à l'arrière de la cabine et l'avion avait basculé vers l'avant. Après ouverture et basculement de la portière-escalier, le bas de celle-ci se trouvait encore à près de deux mètres du sol.

Le commerçant, un Beïdane grand d'un mètre quatre-vingt-dix et lourd de cent-cinquante kilos, attrapa ceux de ses ballots qui n'avaient pas brûlé et se précipita vers l'issue, bousculant tous et toutes sur son passage. C'est normal, il était un Beïdane de grande famille, riche et influent et les autres passagers n'étaient qu'un vieil Harratine et ses deux épouses, un couple de Bambara avec leurs trois enfants et un étudiant Sénégalais.

Le Beïdane lança ses ballots et sauta dessus. Il rebondit sans mal sur le sol, et retira aussitôt ses ballots de peur qu'on ne les abimât. Milos trouva quelques bagages et paquets divers qui n'avaient pas brûlé et les lança à son tour par la porte, puis il aida les passagers à sortir, à descendre l'escalier et à sauter sur l'empilement de sacs divers.

Il évacua d'abord, avec l'aide de l'étudiant, le couple bambara et les enfants ; puis le vieil Harratine et ses épouses. La manœuvre était compliquée par le fait que les moutons et les chèvres voulaient à tout prix profiter de l'opération de sauvetage. Ils se bousculaient en bêlant à la mort.

Un gros bouc, cherchant à imiter le Beïdane, poussait rageusement pour se frayer un chemin. Milos sortit le Tokarev dont il ne se départissait jamais et d'une balle bien ajustée dans le front du bouc, régla l'affaire. Il regretta un instant de ne pas avoir traité de cette façon le gros Beïdane !

Pendant ce temps, le poulet avait continué de voler en tous sens, semant en tous lieux ses plumes enflammées. Le feu prenait donc en divers points de l'appareil et la situation commençait à devenir préoccupante ; voire même désespérée.

Durant l'évacuation, Werner avait essayé avec son extincteur de circonscrire l'incendie, mais en vain. La stratégie bien involontaire du poulet avait été d'une redoutable efficacité. Finalement, il rejoignit Milos au moment où celui-ci terminait d'évacuer l'étudiant sénégalais, accompagné de quelques moutons résiduels.

Les deux pilotes sortirent alors, avant que l'appareil ne s'embrasât totalement. Le capitaine doit toujours être le dernier à quitter le navire !

Ils avaient éloigné les passagers de peur que l'avion n'explosât et puis, impuissants, ils l'avaient regardé s'enflammer, et se consumer presque totalement.

- Bah, de toute façon, avait dit Werner, philosophe, on n'aurait jamais pu redécoller ! Alors…

… Alors il leur restait à trouver une solution pour rejoindre des lieux plus accueillants. Leur situation était aussi inconfortable que périlleuse. On ne survit pas longtemps, sans eau, au milieu du désert.

- Putain, tu te rappelles, comme on avait l'air con, au milieu du désert avec l'avion qui brulait !
- Ouais, heureusement qu'il a brûlé ! S'il n'y avait pas eu la fumée, je ne sais pas comment on aurait été repérés…

La radio était demeurée à bord et devait avoir été réduite à l'état de bouillie. Et ils se trouvaient à plus de cent-cinquante kilomètres de toute agglomération.

Par bonheur, le lieu de « l'atterrissage » n'était pas loin d'une piste empruntée par les caravanes et, quelques heures plus tard, un groupe de chameliers les avaient récupérés. Il était temps, car ils commençaient à avoir sérieusement soif.

- Ici aussi, on a soif, dit Milos…

… Puis, se tournant vers le bar, il appelle :

- Rama ! Tu n'as pas honte de nous laisser ainsi mourir de soif ? Trois Gazelle !
- Ça roule, Milos !

Cet incident n'était qu'un parmi tous ceux qu'ils avaient connus en vingt ans de vol dans le désert mauritanien. Il est vrai qu'ils volaient sur de vieux

DC3 (les célèbres « Dakota ») qui avaient été apportés des Etats-Unis en caisses, par navires, en 1943. Ils avaient été montés en Angleterre et avaient participé aux combats de la libération de l'Europe. Et puis, au lendemain du conflit, ils avaient eux aussi été versés à la vie civile et avaient repris du service sur les lignes les plus exotiques des pays les plus déshérités.

Ces avions avaient depuis longtemps dépassé leur quota d'heures de vol. Par bonheur, il en tombait régulièrement un tous les ans, ce qui favorisait le renouvellement de la flotte !

L'atterrissage forcé du cap Timiris s'était ajouté à tous les souvenirs, réels ou imaginaires, qui liaient le Serbe et le Prussien : les combats aériens face à face de 41 dans le ciel yougoslave, et de 43 au-dessus de Stalingrad ; ceux, côte à côte cette fois, dans le Sinaï en 48 ; et puis les innombrables vols au-dessus du désert mauritanien, vers Nouadhibou, Atar, Boutilimit, Zouerate, Chinguetti…

… et les femmes et les bouteilles partagées ; les bagarres aussi, à l'occasion, quand ils avaient abusé des bouteilles… ils usaient des femmes mais veillaient à n'en abuser qu'exceptionnellement…

Werner vit en couple avec Margarita Schwarzsee, la vieille Bavaroise qui tient le restaurant l'Oasis.

Margarita, dite Greta, est arrivée de Monrovia juste après la création de Nouakchott, en 1963, pour y exercer le plus vieux métier du monde. Elle a réussi et progressé puisqu'elle exerce maintenant celui, presqu'aussi ancien mais réputé plus honorable, de bistrotière. Le Prussien luthérien et la Bavaroise catholique se sont plu et ont décidé de partager leur vie. Ces origines ethniques et religieuses différentes ne posent pas de vrai problème. Ils ont un point commun : ils sont tous deux d'anciens nazis !

Milos, pour sa part, partage la vie de Jeanne-Marie. De sœur Jeanne-Marie, devrait-on dire. Sœur Jeanne-Marie du Sacré Coeur de Jésus est venue en 1964 à Nouakchott pour assister Monseigneur dans son apostolat. Compte tenu de l'impossibilité légale de procéder à la conversion des Mauritaniens mahométans, elle se contenta de l'assister de toute la ferveur de ses prières. Il paraît que ça marche…

Un jour de 1965, sœur Jeanne-Marie - Jeanne Deroux, pour l'état civil - avait rencontré le 15 août à la cathédrale Milos Milutinovitch qui lui avait avoué être de culte orthodoxe. Le sang de sœur Jeanne-Marie du Sacré Coeur de Jésus n'avait fait qu'un tour : nulle loi n'empêchait de convertir un orthodoxe. Bien au contraire, la loi divine et romaine lui en faisait un devoir.

La jeune sœur - elle avait alors vingt-deux ans - avait proposé à l'ancien guerrier de l'amener dans le droit chemin et de lui faire découvrir les incomparables vertus du catholicisme apostolique et romain, la vraie religion. Sans doute plus attiré par la fraîcheur de la jeune fille - qui était au demeurant fort jolie - que par l'attrait de la théologie romaine, Milos accepta.

Ce fut *in fine* lui qui la convertit. A des joies et des extases certes plus terre à terre mais tout aussi honorables. Depuis lors, l'ancien bolchevique et l'ancienne bonne-sœur filent le parfait amour ; et

Jeanne tient consciencieusement la maison quand Milos va traîner dans les bas-fonds de la ville.

Ainsi va la vie dans la capitale de la République Islamique de Mauritanie…

Le Prussien et le Serbe forment aujourd'hui un couple inséparable, lié par vingt ans de vie commune et autant d'années d'aventures partagées.

Moi, je les aime bien, Milos et Werner. Ils m'amusent. Et puis, je vais avoir besoin d'eux…

… Ça me fait rire, de penser à ça. Ah ! Si monsieur le comte Charles-Edouard Fleury de Montfleury, mon père, savait que son fils allait s'associer avec un ancien nazi et un ancien communiste !... Ouais, un ancien nazi, passe encore : Grand-père ne les avait-il pas accueillis chaleureusement en 40 ?… et Mère aussi : ne dit-on pas que ma sœur Hilde a plus le type brandebourgeois que franc-comtois ?… et puis il traine encore quelques svastikas et autres Croix de fer dans les tiroirs du château familial… Mais un ancien communiste ! Je crois que s'il savait cela, Père m'effacerait définitivement de l'arbre généalogique familial.

*

Rama nous apporte nos Gazelle.

Nous buvons une gorgée et nous parlons de notre prochain weekend.

Milos et Werner ont cinq jours de congé, de vendredi à mardi. J'ai prévenu mon patron que je serai également absent en cette fin de semaine.

Il s'en fout, mon « patron », du moment que le boulot est fait. Lui, il ne fait rien que de boire, du matin au soir. C'est moi qui fais fonctionner l'agence. La façon dont je procède lui importe peu : je travaille, il boit et le bizness fonctionne. C'est tout ce qui compte, pour lui. Si j'en faisais moins, il devrait en faire plus. Et je doute qu'il en soit capable.

Il est complètement « HS », comme on dit, Montigny : alcoolique au dernier degré. Même s'il voulait se remettre au travail, il ne pourrait pas. Il est mythomane, aussi. Il s'est mis dans la tête, et il raconte partout, qu'il est cousin du pape ; au prétexte que Paul VI s'appelle, pour l'état civil, Montini !

Pourquoi n'est-il pas viré ? Parce que dans la banque, ça ne se fait pas ; et parce qu'un jeune adjoint de vingt-cinq ans fait tout le boulot à sa place.

Alors, il ne veut pas me contrarier. Il m'a dit :

-   OK, petit. Pars te détendre un peu, ça te fera du bien… ne t'inquiète pas, je m'occupe de tout !...

Heureusement qu'il n'en est rien ! Il ne manquerait plus que ça ! En cinq jours, il serait capable de mettre la banque par terre ! Abderrahmane, mon adjoint, gèrera très bien les affaires courantes.

-   Où vas-tu, m'a-t-il demandé, à Saint-Louis ? Dakar ?

Il est du genre curieux, Montigny !

-   Non, je vais faire une partie de chasse, dans le désert.

- Mais !... je ne savais pas que tu étais chasseur !

Eh non, je ne le lui avais jamais dit. Je garde un si mauvais souvenir de mes aventures cynégétiques dans les forêts comtoises !... Et puis, franchement, Montigny n'attire pas les confidences !

- Si, si… et ça me manque un peu.
- Parfait ! Va du côté de Rosso : il y a des flamands roses, des pélicans et des gazelles, des phacochères… et puis, si tu as les munitions qu'il faut, tu pourras même tirer un crocodile… mais, dis-moi, tu es venu avec ton fusil ?

Zut ! Je n'ai bien sûr pas de fusil et il le sait bien : il est venu me chercher à l'avion en janvier et a chargé mes bagages dans sa voiture. Dans quelle histoire me suis-je engagé ?

- Euh… en fait, j'y vais avec des copains et… je comptais faire le rabatteur…

Rabatteur dans le désert ! La réponse était stupide mais, par bonheur, Montigny était entre deux vins ; comme toujours.

- T'inquiète ! Je passe chez toi ce soir et je t'apporte ma carabine !

Hier soir, il était donc passé à la villa avec sa carabine et un paquet de cartouches. Il s'agit d'une Browning à répétition avec un chargeur amovible de huit cartouches de calibre 12.

- C'est pratique, ces chargeurs ; Moi, je rate toujours mes premiers tirs… mais avec huit balles, j'arrive bien à en placer une !

Il est vrai que carburer au whisky n'améliore pas trop la précision du tir. C'est un fusil-mitrailleur qu'il lui faudrait !

Pour le remercier, je l'avais invité à boire un verre. Il n'avait pas refusé. Il ne refusait jamais un verre ! Nous avions donc bu tous les trois en devisant. Assez vite et l'alcool aidant, il s'était laissé aller :

- Quand même, Charly, ça aurait été dommage d'en rester au rabattage. Quand on a rabattu une petite biche, il faut la tirer, n'est-ce pas ?

En disant ceci, il avait tourné son regard ostensiblement vers Ramatoulaye. On peut dire qu'il faisait dans la délicatesse, le Montigny !

Ce weekend nous allons donc partir ensemble.

Non, ce n'est pas un weekend d'amoureux à trois, nous n'en sommes pas encore là ! Et puis, nous partons à quatre : nous emmenons Ramatoulaye.

Au début, Milos et Werner avaient protesté. « On n'emmène pas une gonzesse dans ce genre d'entreprise ! Les femmes, ça cause et nous avons besoin de confidentialité. Et puis, une Africaine !... »

« Justement, leur avais-je répondu. Elle nous servira d'interprète ».

Rama parle un peu le peulh, comme tout le monde. Le peulh est la langue véhiculaire de la région. Les Peulh sont des nomades qui traversent la savane avec leurs troupeaux. Alors tout le monde parle un peu leur langue, quelques dizaines de mots, ne fût-ce que pour négocier avec eux. Ramatoulaye se débrouille dans cette langue : ça nous sera utile.

Je leur avais fait valoir que si, au cours de notre périple et au moment crucial, nous ne pouvions pas communiquer, nous aurions l'air malin ! « Vous croyez qu'ils parlent l'allemand ou le serbo-croate, ou même le français, là-bas ?... » Ils en étaient convenus. Mener une négociation délicate avec le seul langage des gestes n'est pas évident. Ramatoulaye viendrait avec nous et je répondais de sa confidentialité.

Il est près de minuit.

Rama nous rejoint avec quatre Gazelle et s'assied à notre table : elle a fermé son bar.

Il est rare, voire même exceptionnel, de voir une Africaine attablée au Club. C'est un peu l'apartheid, ici.

Quand le commissaire Galtier a usé de son influence auprès de Roger, le président du Club, pour faire engager Ramatoulaye, tout s'est bien passé. Les clients se rinçaient l'œil dans son décolleté et échangeaient quelques amabilités avec elle. Mais elle était derrière le bar : à sa place !

Quand je lui fis partager ma table, lorsqu'elle n'était pas en service, les regards se firent moins amènes ; un peu en biais, comme on dit.

En dehors du Club, ce fut pareil. J'invite souvent des personnes, des couples, à venir dîner chez moi. On a une vie mondaine assez développée, dans les « colonies » d'expatriés. Et puis Bakary, mon « boy », me fait une cuisine qui est réputée dans toute la communauté française. Ils sont gourmands, les « expats ».

Lors de mon arrivée, au début de l'année, j'étais célibataire. J'invitais beaucoup et j'étais beaucoup invité.

Les hommes s'intéressaient à moi parce qu'ils savaient que c'était moi qui faisait *de facto* tourner la banque. Et un banquier, c'est toujours utile. Qui n'a pas de problèmes d'argent ?

Les femmes s'intéressaient à moi, aussi. Surtout celles qui étaient « entre deux âges », qui ne travaillaient pas et qui s'ennuyaient. Qui étaient aussi un peu frustrées par l'attitude de leur mari qui préféraient trop souvent vider une bouteille de Johnny Walker que combler leur épouse… Alors j'en profitais. J'avais régulièrement des rendez-vous d'affaire qui m'éloignaient de la banque, de cinq à sept !…

Quand Ramatoulaye vint s'installer chez moi, les choses changèrent. Je continuai d'inviter. Les convives continuèrent de venir mais leur attitude évolua insensiblement. Ils n'étaient pas désagréables avec Rama, mais ils eussent préféré qu'elle fût à la cuisine plutôt qu'à table avec eux. Alors, on ne m'invita plus ; de peur que je ne vinsse avec ma compagne, sans doute.

Ça dura un temps, puis les choses rentrèrent dans l'ordre. Malgré mes seulement vingt-cinq ans, je suis une personne importante dans la petite ville de Nouakchott. Je dirige la principale agence bancaire - il n'y en a qu'une autre !- de la ville. On ne peut pas se fâcher avec moi. Et puis les gens constatèrent que Ramatoulaye n'était pas seulement jolie mais qu'elle était aussi fine et amusante ; qu'elle n'était pas seulement noire mais aussi intelligente et raisonnablement cultivée. Qu'elle était un peu comme eux, finalement.

Si j'arrive à faire évoluer les préjugés de certains expatriés de Nouakchott, je vais finir par me prendre au sérieux !

Nous mettons au point les derniers détails de notre weekend.

Nous avons posé sur la table la carte de la région. Avec une règle graduée, nous prenons des mesures. Sur une feuille de papier, nous calculons : des distances, des temps, des moyennes.

Nous avons prévu deux jours par trajet, et un jour de supplément pour cas d'incident de route. Nous bivouaquerons.

Nous prendrons deux voitures : ma Land-Rover et le pick-up bâché GAZ-69 - appelé couramment AutoGAZ - de Milos. Milos a un tropisme marqué pour le matériel soviétique et il entretient avec amour cette sorte de Jeep russe, fabriquée par l'usine Gorkovski Avtomobilny Zavod de Gorki. C'est une évolution du GAZ-67 qui s'illustra durant la « Grande Guerre Patriotique » de 1941-1945. Le GAZ-69 est un engin rustique d'une tonne et demi. Il n'est pas aussi rapide que ma Land-Rover, mais il peut passer partout. De toute façon, nous avons le temps : nous avons un jour de battement.

Werner possède, quant à lui, une limousine Mercedes avec laquelle il affectionne de frimer dans les rues de Nouakchott. Elle n'est en rien adaptée à l'excursion que nous prévoyons.

64

Nous sommes mercredi. Mes deux amis volent demain et ne seront de retour de Nouadhibou qu'en fin d'après-midi. Je les invite à consacrer leur soirée à préparer tout le nécessaire pour le voyage et à s'assurer de l'état de la voiture. Et puis, qu'ils n'oublient pas de prévoir une réserve de carburant, des pneus et des chambres à air de rechange, des vivres et de l'eau ; beaucoup d'eau... et un peu de bière aussi, bien sûr.

Il est inutile que je les invite à se munir d'armes, à tout hasard. Milos ne se sépare jamais de son Tokarev TT33, ni Werner de son Walther P 38.

De mon côté, je ferai de même ; pour ce qui est du matériel et des provisions, tout au moins. Et bien que je n'aie aucune affection pour les armes, j'emporterai la carabine Browning de Montigny...

Les bouteilles de Gazelle sont vides. Le cendrier est plein. Nos plans sont prêts.

Nous nous levons, nous saluons et nous donnons rendez-vous pour vendredi matin à sept heures à la sortie du Ksar, sur la piste N°3 à destination du sud-est.

4

RAMATOULAYE

« Moi, j'essuie les verres au fond du café… »

… La musique susurre en sourdine une chanson un peu démodée qui date d'il y a au moins dix ans. En réalité, je ne suis pas au fond d'un café mais derrière un bar dans une réserve pour Blancs au cœur du continent noir.

Comment ai-je échoué là ? Comment les arbres abattus en Côte d'Ivoire échouent-ils sur les plages sénégalaises de la Petite-Côte ?... et les bouteilles lancées à la mer par les naufragés ?... A la suite d'une longue dérive, tout simplement.

Je suis née à Nianing, petit village de pêcheurs Lébous situé sur la Petite-Côte, cent kilomètres au sud de Dakar. Petite fille, je courais dans le sable entre les pêcheurs qui ramenaient des monceaux de poissons argentés, et les charpentiers qui construisaient leurs pirogues de mer au bord de l'océan.

Le soir, je regardais le soleil se coucher sur l'horizon, et je rêvais d'un horizon qui fût plus lointain que la case familiale où j'allais dormir chaque nuit, la petite mosquée où j'allais prier Allah chaque vendredi, et le grand baobab sacré où j'allais chaque jour prier les esprits qui, selon la coutume, sont beaucoup plus efficaces qu'Allah…

… Ensuite ce fut Dakar, le collège, les bonnes-sœurs, le supermarché de la Place de l'Indépendance, Daniel et sa belle auto, le voyage, Nouakchott…

… La Croix du Sud…

… Dans tout parcours, il y a des hauts et des bas, dit-on. La Croix du Sud, ce fut le point bas de mon parcours, ma séquence « horizontale »…

… je regarde autour de moi : j'en ai « rencontré » pas mal, des Blancs présents ici ce soir, à la Croix du Sud : Robert, le président du Club qui est sous la paillotte bleue, Jean-Jacques, le directeur de l'Alliance Française qui fait une partie de tennis, Georges, le conseiller économique qui boit avec Pierre sous la paillotte rouge… et Pierre aussi, bien sûr, et Joseph, le patron de la SOMIMA, et puis le commissaire… et Monseigneur… et bien d'autres…

C'est bizarre : quand Robert, sur l'insistance de Christian, a fini par accepter de m'engager au bar du Club, ils ne me connaissaient plus, tous mes anciens clients de la Croix du Sud ! Ils ne me faisaient pas la gueule, non : ils m'ignoraient… Ils ne m'avaient jamais vue. Ils tenaient à leur respectabilité et je n'étais pas respectable : une pute n'est pas respectable…

Pourquoi étaient-ils venus me baiser, s'ils ne pouvaient pas assumer leur acte ?

… Parmi eux, il n'y en a que deux qui m'aient tout de suite acceptée : Christian, le Commissaire ; et Henri, l'évêque. Alors je les aime bien, ces deux-là.

Petit à petit, les autres ont fini par oublier la nature de nos anciens « rapports » et en sont venus à me considérer aussi comme la personne que je suis aujourd'hui : la serveuse et la comptable du Club.

Nouakchott, la nouvelle capitale artificielle du pays est comme une île de béton et de banco, perdue au milieu d'un océan de sable. Et moi, au Club, je suis une petite Noire perdue au milieu d'un océan de Blancs.

« *Moi, j'essuie les verres au fond du café…*
J'ai bien trop à faire pour pouvoir rêver… »
… chante la radio en sourdine.

Moi, je peux encore rêver.

Il y a Christian et Henri, ces deux vieux que j'aime bien, mais il y a aussi Charly. Je l'aime bien et il m'aime bien.

Charly, il est jeune, il est blanc, il est beau, il a une position sociale à Nouakchott ; il sait d'où je viens et il s'en fout.

Est-il amoureux ? Suis-je amoureuse ? Malgré mes seulement vingt-cinq ans, j'ai déjà trop vécu pour me poser ce genre de questions. Mais ensemble, nous sommes bien.

Nous avons des projets, Charly et moi. Alors, comme il y a vingt ans au bord de la plage de Nianing, je peux encore rêver à un horizon meilleur.

Il est presque minuit.

Charly est sous la paillotte rose, avec Milos et Werner. Il me fait un signe. Je pose quatre Gazelle sur un plateau et je les rejoins.

5

CHARLES

Vendredi 13 décembre

Nous roulons depuis déjà deux heures.

Nous atteignons Boutilimit. Nous avons fait du 70 km/h de moyenne. La piste n'est pas mauvaise. Elle est toute droite et le revêtement est relativement dur. Je pourrais aller plus vite mais nous sommes limités par la vitesse du GAZ-69 de Milos.

Il est convenu qu'il roule devant pour fixer la vitesse. Et puis, en cas d'ensablement, il pourra m'aider à sortir. Avec ses gros pneus, il dispose d'une bien meilleure adhérence que moi dans le sable mou.

Depuis deux heures, le soleil monte petit à petit, et la température fait de même. A neuf heures, il fait déjà 22°C alors que cette nuit il ne faisait pas plus de 10 ou 11 à Nouakchott !

Ramatoulaye est à côté de moi. Elle n'a pas de permis de conduire mais, ces dernières semaines, je lui ai fait un peu pratiquer la conduite dans le désert.

70

Ainsi, elle pourra me relayer si je suis trop fatigué : la chaleur, la lumière, les secousses, l'attention... Et puis, sur la piste, on ne risque pas d'être contrôlé par la police de la route !

Autour de nous, il n'y a que du sable, des cailloux et, çà et là, quelques maigres buissons d'épineux. Si le mot monotone a un sens, c'est bien à cette nature de paysage qu'il peut s'appliquer.

Nous avons quitté Nouakchott aux premières lueurs du jour. Maintenant, la lumière se fait de plus en plus forte et, avec la réverbération sur la piste, l'usage de lunettes teintées est déjà indispensable. Tout à l'heure, l'éblouissement sera complet.

Nous traversons Boutilimit.

La ville religieuse et intellectuelle de la Mauritanie est une bourgade de quelques milliers d'habitants. Çà et là, on voit des touffes vertes dépassant à peine des rouges murs d'enceinte des maisons. Les arbres poussent à l'intérieur des murs, et seulement à l'intérieur des murs. Ils y sont protégés du vent.

Le vent est le plus grand danger, dans le désert. Quand une tempête se lève, le sable est plus épais que le plus épais brouillard et l'on ne peut plus se diriger. Il faut alors s'arrêter, se calfeutrer, attendre, et boire ; beaucoup boire. En août, une famille française à été prise par une tempête de sable alors qu'elle piqueniquait à une quinzaine de kilomètres seulement de Nouakchott. La tempête a duré deux jours. Les quatre membres de la famille, le père, la mère et les deux enfants sont morts de soif. Ils n'avaient emporté que deux bouteilles d'eau.

Le vent tue les voyageurs imprévoyants. Il tue aussi les arbres qui ne sont pas protégés de sa violence.

Nous avons emporté plusieurs jerricans pleins d'eau.

Nous longeons le marché. Les hommes sont tous vêtus de longs boubous blancs ou bleus ; les femmes sont couvertes de noir.

Des chameaux sont patiemment stationnés devant le kiosk à palabre où les hommes, enturbannés de bleu, fument leurs petites pipes de cuivre en buvant leur thé matinal. Les plus gourmands dégustent quelques dattes.

Le marché est animé. Des charrettes tirées par des ânes amènent les marchandises. D'où peuvent-elles venir ? Il n'y a aucune oasis ni trace d'eau alentour. Ils faut bien qu'ils boivent et mangent, quand même, les quatre ou cinq mille habitants de Boutilimit. Ou bien survivent-ils seulement en lisant et relisant leurs manuscrits sacrés ?... Il faudra que je demande au commissaire Galtier...

Nous poursuivons notre route, sous un soleil de plomb.

A midi, nous arrivons à l'oasis d'Aleg.

Il y a de l'eau, de la verdure, des jardins maraîchers. J'imagine que si des hommes vont un jour sur la lune, comme le prévoit la NASA, ils auront en revenant sur terre la même impression que celle qui est la mienne en arrivant à Aleg.

Avant l'entrée de la bourgade, Milos tourne à droite, s'engage sur un petit chemin sous les palmiers et s'arrête. Je m'arrête derrière lui. Nous sortons de voiture. Nous nous rejoignons et décidons d'un petit piquenique.

Aleg est comme une île sur l'océan. Dès que nous l'aurons quitté, il nous faudra reprendre une traversée de quelque cent kilomètres à travers l'océan minéral et désertique avant de retrouver une nouvelle île-oasis. Alors, il faut en profiter.

Nous nous installons et mangeons de bon appétit les sandwichs au jambon que nous a préparés Ramatoulaye. Rama, qui est aussi musulmane que je suis catholique, ne rechigne en rien devant le jambon, pas plus que devant le Beaujolais qui l'accompagne (et que nous avons placé dans une glacière ; il fait maintenant près de 50°C dans les voitures !).

L'atmosphère est détendue. Nous partons en voyage et nous ne risquons pas le mauvais temps. Il n'est pas tombé de pluie au cours d'un mois de décembre à Aleg depuis vint-cinq ans. C'est-à-dire depuis que des relevés pluviométriques y sont faits.

Milos se méfie un peu de Ramatoulaye. Il se méfie d'ailleurs d'une façon générale des femmes et plus encore depuis qu'il a vu comment la sœur Jeanne-Marie du Sacré Cœur de Jésus avait brusquement changé de route. Quoiqu'il en ait bénéficié, il a perçu en ceci un signe du manque de constance de l'engeance féminine. Il se méfie aussi, assez généralement, des Africains. Rama conjugue donc les deux défauts : femme et africaine. Toutefois, petit à petit, il a appris à la connaître, et sa prévention s'est quelque peu atténuée.

-   Méfie-toi quand même, m'a-t-il dit il y a trois jours…
-   Ne t'inquiète pas, tous mes capteurs sont en éveil !

Ça, c'est un langage qui parle à l'aviateur qu'il est.

Werner, pour sa part, a demandé de but en blanc à Rama si elle était juive. Il y avait peu de chance que ce fût le cas car les juifs wolofs ne courent pas les rues. Mais, lui, il voit des juifs partout ! Ça vient de sa formation dans les *Hitlerjugend*.

Quand elle lui a répondu qu'elle était d'origine musulmane, il s'est tout de suite senti à l'aise. Les Musulmans, le Führer les aimait bien. Le Grand Mufti de Jérusalem n'était-il pas son indéfectible allié ?

Ces petites questions ayant été réglées, nous pouvons désormais former une équipe homogène et soudée. Il le faut, car du travail nous attend.

Pour finir notre repas, nous prenons un petit café dont nous avons une réserve dans trois thermos, et nous fumons un moment en silence. Nous sommes concentrés. Jusqu'ici, tout s'est bien passé mais le plus dur reste à faire. Nous n'avons fait, selon nos estimations, que le quart du temps de notre parcours.

Nous n'avons pas encore crevé. La crevaison est le risque majeur - avec l'ensablement -, dans le désert. Quand on est sur une piste à peu près entretenue comme la « Route Nationale 3 », le risque est limité. Mais dès que l'entretien laisse à désirer, les épineux poussent sur la piste. Même les pneus les plus épais peuvent ne pas y résister. Il faut alors démonter la roue, le pneu, réparer la chambre, regonfler et tout remettre en place. Werner nous a dit qu'un jour, en allant à Rosso, ça lui était arrivé huit fois sur moins de deux cents kilomètres ! Une solution à ce problème est de sortir de la piste et de zigzaguer entre les buissons d'épineux. Mais alors, on risque l'ensablement.

Nous avons tout le matériel qu'il faut : un cric, un gonfleur, des chambres à air de rechange et un plein sac de rustines et de dissolution. Pour plus de précautions, Milos a une médaille de saint Christophe dûment bénite que lui a donnée Jeanne-Marie ; et Ramatoulaye conserve toujours sur elle un grigri magique dont le sorcier de son village lui a garanti la parfaite efficacité !

Après une courte pause d'une demi-heure, nous reprenons nos voitures. Nous faisons le plein de carburant à la station d'Aleg et nous nous engageons de nouveau dans le désert.

Il nous reste 400 kilomètres à parcourir. 400 kilomètres beaucoup plus difficiles. Sur une bonne partie du parcours, il n'y a pas vraiment de piste carrossable.

*

Nous avons choisi la route la plus directe, mais pas la plus confortable, pour aller dans la région de

Ballou, terme de notre voyage. Ballou se trouve à la frontière de la Mauritanie, du Mali et du Sénégal.

A partir d'ici, nous souhaitons conserver la plus grande discrétion.

Depuis Aleg, nous aurions pu rejoindre la route N°2 à Boghé et remonter le cours du Fleuve par Kaédi et Matam. La route est bonne mais elle présente deux défauts majeurs à nos yeux.

Le premier est qu'elle est située de l'autre côté du Fleuve, au Sénégal ; et qu'il faut donc traverser le fleuve sur un bac et s'enregistrer à deux postes frontières.

Le second est que l'on y procède couramment à des contrôles de police. Et nous, pour nos courtes vacances, nous recherchons avant tout le plus parfait incognito.

Il est dix-huit heures trente et le jour commence à tomber. Il faut s'arrêter.

Depuis midi, nous avons parcouru moins de cent kilomètres !

En voulant éviter de passer à proximité de Kaédi, nous nous sommes perdus ! Il fallait traverser une zone d'oueds, et les pluies de juillet, plus fortes qu'à l'habitude, avaient effacé toutes traces de la piste. Après avoir roulé un moment à l'aventure, nous nous arrêtâmes pour faire le point. C'est une chose que mes aviateurs sont censés savoir faire. Ils sortirent de leur voiture une boussole et un compas. Un quart d'heure plus tard, ils nous dirent que nous devions faire demi-tour. Nous fîmes donc demi-tour puis prîmes une direction un peu plus au sud.

Il fallut alors passer des dunes et je m'ensablai. Avec un câble, Milos me tracta hors de mes ornières mais nous perdîmes là un temps précieux.

Werner s'énervait. La patience n'est pas sa qualité première :

- Scheiβe ! Bordel de Merde ! On ne va pas rester là ! On n'en sortira jamais ! Tant pis, on va au Fleuve, on le traverse et on prend la route !
- Et si la police sénégalaise nous arrête ? demandai-je.
- On les flingue, répondit-il en portant la main à la poche de son pantalon qui contenait son P 38.

Bon, on est bien, me dis-je !... Je savais Werner adepte des solutions radicales et expéditives, mais quand même !…

Milos parvint à le calmer et lui assura que la piste s'améliorait par la suite. Il n'en savait rien mais, par chance, il s'avéra que sa prédiction était bonne.

Werner n'en avait pas été vraiment calmé pour autant. Un peu plus tard, le câble d'accélérateur du GAZ-69 cassa. Il devait dater de la Grande Guerre Patriotique.

- Arshsloch ! Si tu avais perdu la guerre à Stalingrad, on roulerait dans une bonne Daimler-Benz et pas dans une de ces foutues bagnoles soviétiques.

Là, je sentis que Milos allait se fâcher. Avec lui, il ne fallait pas se moquer du matériel soviétique en général, ni de son 4x4 GAZ en particulier. Je vis le moment où ils allaient en venir aux mains. Il fallait éviter cela à tout prix. On ne savait pas comment ça pouvait se finir.

Du haut de mon mètre soixante-dix et de mes 60 kilos, je m'interposai. J'étais le chef de la mission, après tout !

- Ecoutez, les mecs, si vous continuez vos conneries, je fais demi-tour et « l'affaire » ne se fera jamais, vous pouvez me croire ! Et tenez-vous le pour dit !

Ça les calma. Ils réfléchirent un moment en silence puis durent conclure que sans moi, ils auraient sans doute du mal à conclure. Je ne pouvais me passer d'eux mais ils ne pouvaient non plus se passer de moi : d'un mot, je pouvais tout faire capoter.

Milos sortit sa boîte à outils et, penauds, ils réparèrent en silence.

Nous sommes arrêtés au fond d'un oued à sec ; au milieu de nulle part.

Sur les vingt derniers kilomètres cahoteux et caillouteux nous n'avons rencontré personnes : seulement quelques carcasses de chameaux ou de gazelles morts de soif. Voici qui est engageant.

Nous installons notre bivouac.

Milos et Werner ont apporté des lits pliants tubulaires qui leur permettront de dormir à la belle étoile tout en étant un peu surélevés par rapport aux petits animaux rampants qui peuplent le désert : scorpions et vipères cornues, par exemple. Ils se sont également munis de chauds sacs de couchage. La température peut descendre aux alentours de zéro, la nuit en cette saison.

Rama et moi avons prévu d'installer nos matelas pneumatiques et nos sacs à l'arrière de la Land-Rover. C'est un châssis long et nous avons de la place.

Nous commençons par allumer notre réchaud à gaz pour nous faire chauffer un petit repas. Est-ce la lumière du feu ou l'odeur de l'omelette mais à peine avons-nous entamé notre repas que nous sommes entourés d'une dizaine de visiteurs. C'est une chose bien connue qu'en plein milieu du désert, il suffit de s'arrêter pour voir des personnes surgir de nulle part.

Cette présence de spectateurs a le don d'énerver de nouveau Werner. Il est vraiment de mauvaise humeur, aujourd'hui. Il se lève et s'écrie :

-   Rama, explique-leur que je n'aime pas trop que l'on s'invite chez moi pour le dîner.

Ramatoulaye avait eu la bonne idée de troquer ce soir son jean et son débardeur pour un pagne traditionnel, en perspective d'une telle situation. Il était préférable qu'on ne la prît pas pour une touriste ou pour une Sénégalaise trop occidentalisée. Elle se lève et commence à négocier en peulh, langue que parlent deux ou trois de nos visiteurs.

Elle nous explique que le chef du coin, un vieux tout vêtu de bleu et armé d'un long bâton noueux, lui dit que nous sommes sur ses terres ; et qu'il exige un péage, une sorte de droit de stationnement. Combien ? Le tarif, après négociation, nous dit Rama, est de mille Francs... mais nous n'aurons pas de reçu, ajoute-t-elle en riant.

Je porte la main à ma poche et donne le billet à Ramatoulaye qui le transmet au chef. Celui-ci le prend, s'incline vers nous et nous remercie. Nous avons dû payer au moins trois fois le prix, pensé-je. Mais peu importe, ce n'est pas la peine de chercher des complications.

Le chef nous dit, par le truchement de Ramatoulaye, qu'il est très honoré de nous recevoir sur ses terres et qu'il va laisser deux forts gaillards derrière lui pour veiller à notre tranquillité.

Et voici encore quelque chose qui énerve Werner ! Décidément !... Il crie à Rama :

- Dis-lui qu'on n'en a rien à foutre de sa protection. On se gardera très bien tous seuls !

Et joignant le geste à la parole, il sort son P 38 et tire en l'air un coup de feu qui résonne longuement à travers le désert.

Ce n'est ni très poli envers nos hôtes ni très respectueux envers les lois de la République Islamique de Mauritanie. Mais ici, à plus de cinquante kilomètres de la moindre bourgade, les lois…

Nos visiteurs, finalement contents de leur négociation, s'éloignent.

Après notre souper, nous décidons de nous coucher. Que faire d'autre, en plein désert, sinon regarder la voûte céleste scintillant de ses myriades d'étoiles ?

Nous prévoyons, par sécurité, d'établir un tour de garde. Chacun surveillera pendant son quart, assis sur le toit de la Land-Rover et muni d'une lampe torche et de la carabine Browning. Comme Ramatoulaye tient à prendre son quart comme tout le monde, nous ne perdrons qu'environ deux heures de sommeil chacun.

Il nous faut nous reposer, maintenant. Demain, il nous reste à faire une route plus longue que prévu.

6

CHARLES

Dimanche 15 décembre

Je donne trois coups de klaxon, selon le code convenu.

Werner s'arrête et descend avec son compère. Il est dix heures du matin et nous approchons du but.

Nous étalons les cartes sur le capot de la Land-Rover pour les étudier.

*

Le voyage a été plus long que prévu. Ça fait trois jours que nous sommes partis.

Hier et ce matin, nous avons suivi plus ou moins, à contresens, le cours du fleuve Sénégal sur sa rive droite par les pistes qui le longent de Kaédi à Bakel. Par moment, nous nous rapprochions du Fleuve jusqu'à le voir au loin. C'était frustrant de penser que, juste de l'autre côté, il y avait une piste assez confortable ; et même goudronnée par endroits.

Du côté mauritanien, il n'y a rien que des sentiers chameliers sur lesquels les voitures, même aussi robustes que nos « quatre roues motrices », ne peuvent se mouvoir par moments qu'à quelque vingt kilomètre-heure de moyenne. Il faut escalader des talus, traverser des oueds…

… mais il n'était pas question de traverser le Fleuve et de passer au Sénégal : notre discrétion était à ce prix.

Hier soir, nous avons donc établi un nouveau bivouac, dans les mêmes conditions que le premier, au pied du massif de Mbalou, un peu au nord de M'Bout. C'est un lieu un peu moins désertique que celui de la veille. Il y a quelques arbustes et un peu d' « herbe à éléphant ». Mais nous n'avons rencontré aucun éléphant. Seulement quelques Peulhs qui ont négocié notre installation.

Ce matin, nous avons parcouru, dans des conditions encore plus médiocres que nous ne l'avions craint, les derniers quatre-vingt kilomètres nous séparant de notre destination.

Il va falloir maintenant que nous trouvions le site que nous avons repéré sur nos cartes ; que nous nous assurions qu'il présente bien les caractéristiques que nous en attendons, et que le plan que nous avons prévu pourra ainsi fonctionner. Sinon, il nous faudra aviser et déterminer un plan B.

Il faut que nous allions assez vite. Nous devrons reprendre à peu près le même chemin pour rentrer ; et mettre à peu près le même temps qu'à l'aller.

Si tout va bien, nous serons donc de retour de notre partie de chasse mardi soir à Nouakchott : bredouilles... à moins que sur le retour nous ne croisions le chemin d'un phacochère complaisant ou d'une gazelle à la dérive...

J'espère surtout que nous ne serons pas ralentis par une tempête de sable. Bien que nous ayons trois jerricans d'eau, c'est toujours dangereux. Et puis, ça nous retarderait fâcheusement.

*

Nous sommes à l'embranchement de deux pistes.

A gauche, la piste suit la frontière de la Mauritanie. A droite, elle va vers le Fleuve.

Nous devons prendre à gauche. A quinze kilomètres, on peut franchir la frontière du Mali par la savane. Il n'y a pas de poste frontière avant de nombreux kilomètres.

Nous pénétrerons alors à l'intérieur du Mali de quelque dix kilomètres, jusqu'au village de Gabou, notre destination finale. Jusque là, nous ne devrions rencontrer personne.

Nous vérifions sur notre carte : c'est bien l'endroit que nous avions noté.

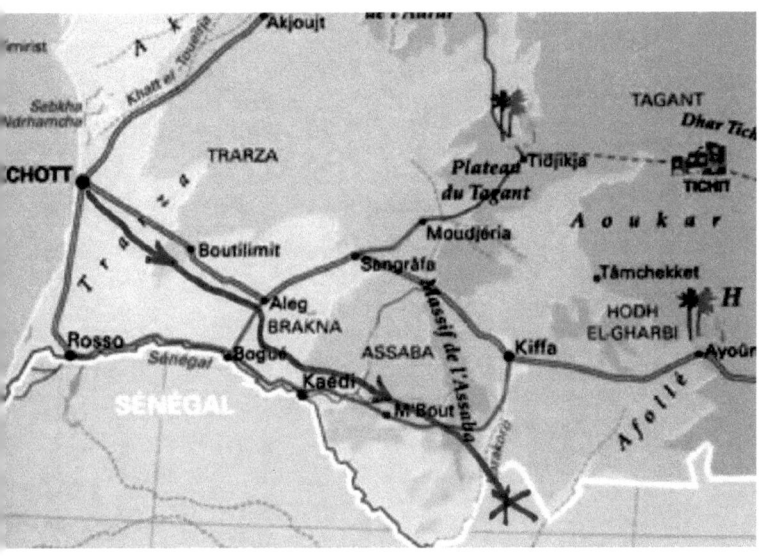

Nous roulons cahin-caha sur une quinzaine de kilomètres (qui nous prennent presque une heure de route !) puis nous traversons un oued assez large, et complètement à sec. C'est la frontière entre la Mauritanie et le Mali. Nous roulons encore un quart d'heure et parvenons en haut d'une petite éminence. Je fais un appel de phares à Milos. Il s'arrête.

Nous descendons de voiture. Nous avons chacun une paire de jumelles.

Au dessous de nous, quelque trente mètres en contrebas, s'étend une assez large plaine dépourvue d'arbres. Au fond, sous quelques fromagers et baobabs, se dissimule presqu'entièrement un petit hameau de huttes de banco recouvertes de toits de palmes : Gabou.

85

Nous regardons attentivement la topographie des lieux. C'est bien ça, l'endroit que nous avions repéré sur les cartes. Nous ne nous sommes pas trompés. J'ai le cœur qui bat un peu plus fort. Voici deux jours et demi que nous sommes ballotés dans la chaleur et sur des routes impossibles. Enfin, nous sommes arrivés.

Je regarde Milos et Werner. Ils abaissent leurs jumelles et me font un signe interrogatif.

- On y va ?
- On y va !

Nous remontons en voiture et descendons le sentier qui mène au village. Nous nous arrêtons à quelque vingt-cinq mètres des premières maisons. Inutile de leur faire peur, ils ne doivent pas voir bien souvent des autos.

A peine sommes-nous descendus que nous sommes entourés d'une dizaine d'enfants piaillant, suivis de quelques adultes. Ce sont surtout des vieux et des femmes. Les jeunes doivent être aux champs.

J'adresse quelques paroles en français pour voir si quelqu'un me comprend. On me regarde avec de parfaites mimiques d'incompréhension. Le hameau est perdu en pleine savane et se trouve à trente kilomètres de la moindre agglomération structurée, que ce soit au Mali, au Sénégal ou en Mauritanie. Les enfants ne risquent pas d'aller à l'école. Pourvu que quelques villageois parlent le Peulh car il n'y a aucune chance qu'ils comprennent le wolof ou le serbo-croate!

Ramatoulaye, qui a revêtu son pagne pour la circonstance, salue le plus vieux - qui a bien une tête de chef de village - et lui adresse ses salutations dans une langue dont j'imagine qu'il s'agit du peulh… Il répond ! Ouf ! Il comprend la langue.

Pendant que Rama discute avec le chef, je vais à la voiture prendre un paquet de petits biscuits. Je l'ouvre et distribue les biscuits aux enfants. Ils piaillent de plus en plus et rient aux éclats.

Je ne suis pas exactement venu jusqu'ici pour procéder à une opération humanitaire, mais le rire des enfants est quelque chose de merveilleux à quoi je ne puis demeurer insensible.

Pendant que les enfants sautent autour de moi, Rama palabre et Werner et Milos se concertent en regardant tout autour.

J'ai soudain une inquiétude. Je ne comprends rien à ce que dit Ramatoulaye. Passe-t-elle bien exactement le message dont nous sommes convenus ? Il me faut lui faire confiance. Je n'ai pas le choix.

Après un moment, elle se retourne vers nous. Nous la regardons tous trois avec une certaine anxiété.

- Il est d'accord.
- Combien ?
- Je lui annoncé le prix prévu : cinq mille tout de suite et dix mille à la fin de l'opération. Il n'a pas discuté. Avec ça, il pourra s'acheter au moins une paire d'ânes…

Nous avions débattu longtemps du prix à offrir. Si l'on offrait trop, ça pourrait paraître suspect. Si l'on discutait à l'excès, ça pouvait mal tourner.

- On peut y aller ? demandé-je à Ramatoulaye.

Elle discute encore un moment avec le vieux et fait un geste vers le grand baobab situé sur la place du hameau.

-   Là ! Sous la grande hutte délabrée et à moitié effondrée, derrière le baobab. Il en fera fermer l'ouverture.
-   Il a tout compris des termes du contrat ?
-   Oui. Il tient à toucher le solde.

Je prends une liasse de cinq mille Francs dans ma poche et la donne à Ramatoulaye qui la donne à son tour au vieux. Il la recompte et hoche la tête. Puis il la glisse dans une poche intérieure de son boubou.

Je fais un signe à Milos. Werner et lui transbordent les bagages du GAZ-69 dans le Land-Rover, à l'exception des jerricans d'essence et d'eau, et du matériel de réparation. Puis Milos se met au volant et, guidé par le vieux, s'avance jusqu'à la grande hutte derrière le baobab. Il y pénètre. Il y a juste la place pour la voiture. Quand on aura placé un panneau de palmes devant l'ouverture, on ne verra plus rien.

Milos arrête la voiture, en sort et ferme les portières à clé. Puis, muni d'une pince et d'un tournevis, il retire les deux plaques d'immatriculation. C'est plus discret.

C'est maintenant Werner qui prend les affaires en main. Il s'adresse à Ramatoulaye :

-   Dis-lui que s'il ne dit rien à personne… à personne ! s'il ne touche pas à la voiture… eh bien, quand nous reviendrons la chercher dans quelques jours, ce sera…

Rama traduit. Werner porte la main à sa poche gauche d'où il ressort dix mille Francs.

-   … ce sera ça !

Rama traduit. Le vieux hoche la tête en signe de compréhension et d'acquiescement. Werner reprend :

-   Sinon…

- Sinon ?... je ne sais pas dire « sinon » en peulh, lance Ramatoulaye en se retenant de rire. Précise !

- Eh bien, dis-lui que s'il parle à quelqu'un de la présence de cette voiture, ou si quiconque la touche, ce sera…

Rama traduit, se tourne vers Werner et marque un temps de silence en attendant la suite. Werner porte la main à sa poche droite, en sort son Walter P38, fait monter une balle dans la culasse avec un claquement sec, et dit d'une voix glaciale :

- Sinon ce sera ça !

Ramatoulaye n'a pas besoin de traduire : le vieux a compris.

Je distribue une nouvelle tournée de biscuits aux enfants, Milos offre un sac de farine au vieux et Werner descend de la Land-Rover une caisse de bière. Les petits cadeaux entretiennent l'amitié, n'est-ce pas ?

Je fais la bise aux enfants, nous allons saluer le chef en lui serrant la main. Nous nous inclinons devant les dames du village et nous montons dans la Land-Rover.

Un dernier signe d'adieu, et nous partons.

*

La première phase de notre plan est terminée.

Tout s'est passé jusqu'ici comme nous l'avions prévu.

J'espère que le chef du village a compris le message… Il faudra que je demande à Ramatoulaye comment on dit « la carotte et le bâton », en peulh.

7

CHARLES

jeudi 19 décembre

Avant-hier soir, nous sommes arrivés à Nouakchott juste avant la tombée de la nuit.

Alors que nous rencontrions les premières habitations de la ville, les minarets de la Grande Mosquée se détachaient dans le ciel rougeoyant du soleil couchant. C'était magnifique ; reposant et réconfortant aussi, après un tel périple.

Le voyage de retour n'avait, pas plus que celui de l'aller, été de tout repos. Nous nous étions de nouveau un peu perdus et plusieurs fois ensablés. Nous avions crevé à cinq ou six reprises.

Lundi soir, au campement, Milos s'était mis soudain à chanter. Il avait comme du vague à l'âme... son « âme slave » ! C'était l'atmosphère de feu de

91

camp qui avait dû l'inspirer. Il nous dit que ça lui rappelait les bivouacs dans les forêts d'Herzégovine quand son avion avait été abattu par la Luftwaffe. Il avait sauté en parachute et s'était retrouvé au milieu d'un groupe de partisans Tchetniks.

Les Tchetniks du royaliste Draža Mihailović présentaient pour Milos l'inconvénient d'être anticommunistes, mais l'avantage d'être encore plus antinazis. Il était resté parmi eux quelques semaines à faire le coup de feu contre les Oustachis croates, avant qu'il ne puisse rejoindre le camp de Tito et se faire engager dans l'aviation de l'Armée Rouge. Durant son séjour parmi les Titistes, il avait connu d'autres bivouacs. Le soir, autour du feu, les Partisans chantaient des chansons patriotiques russes qui leur avaient été apprises par un commissaire politique. Tout ça pour dire que, de sa voix grave et un peu éraillée, le Serbe nous fit bénéficier d'un chant aussi martial qu'incompréhensible à qui ignore le serbo-croate ou le russe.

Quoiqu'il en fût et bien que le désert mauritanien ait peu à voir avec les forêts de l'Herzégovine, c'était assez émouvant. Je vis que Ramatoulaye, qui se tenait contre moi, était aussi l'objet d'une certaine émotion.

Ce n'était pas le cas de notre Prussien préféré. Je sentais que sa pression artérielle montait petit à petit, de façon inquiétante. Les chants bolcheviques ne devaient pas être, si l'on peut dire, sa chope de bière ! Son irritation se manifestait par le fait qu'il émettait des grognements de plus en plus inquiétants. J'essayai d'abord de le calmer en versant dans son gobelet une bonne dose de whisky. Ça ne fit que l'énerver davantage. Il est des gens que calme l'alcool ; d'autres pas.

Quand Milos eut fini sa romance, je pensai diplomatique d'inviter le Brandebourgeois à nous chanter à son tour quelque petite comptine à sa façon. J'imaginais que ça pourrait le calmer. L'idée n'était pas très bonne. Scandant la mesure en frappant frénétiquement et alternativement une boite de conserve et une bouteille vide avec la crosse de son pistolet, il se lança dans une interprétation du *Wir sind des Geyers schwarzer Haufen*, ce chant des Hitlerjugend qui devint celui de la Waffen-SS. Il enchaina sur le *Deutschland über alles*, version nazi 1939.

Cette fois-ci, ce fut Milos qui eut comme des démangeaisons.

J'attendis que Werner eût fini sa prestation et, avant que mes deux guerriers ne se disputassent pour savoir qui allait entamer le prochain chant, je leur proposai que, pour la seconde partie du concert, nous fissions place à une voix féminine.

Ramatoulaye, qui avait bien senti monter dangereusement la tension, entreprit alors de nous gratifier d'une longue et douce mélopée. Elle chantait bien et sa voix, en plein milieu du désert mauritanien, avait des sonorités presque magiques. Elle s'accompagnait de son Xalam, dont elle ne se départissait jamais. C'est un instrument traditionnel wolof fait d'une demi-calebasse tendue de peau de chèvre et disposant de quatre cordes. Nos deux amis, sous l'effet de la mélodie - et peut-être aussi du whisky - semblèrent se calmer.

- Quel est ce beau chant traditionnel, lui demanda Milos quand elle eut fini ?
- C'est une transcription en wolof du Magnificat selon saint Luc, popularisé par les moines de Keur Moussa, et que l'on m'a appris à l'école Notre-Dame de Dakar.

Nous avions donc eu droit successivement à un chant bolchevique interprété par un Partisan yougoslave, à un hymne nazi chanté par un ancien des Hitlerjugend et à un cantique catholique délivré par une Sénégalaise musulmane ! Moi, je n'avais à mon répertoire que des chansons de corps de garde ! Il ne me sembla pas nécessaire de procéder à mon tour de chant.

Je pensai qu'il était temps de mettre fin à cette sympathique, quoique un peu originale, soirée scoute. Fort de mon autorité et de mes responsabilités de chef de mission, je proposai donc que l'on donnât le clap de fin.

Chacun s'installa pour la nuit et s'endormit bien vite ; sauf celui d'entre nous qui prenait le premier quart de veille, bien entendu.

*

Hier matin, je suis arrivé à la banque, la carabine Browning à la main. Comme je me dirigeais vers le bureau de Montigny pour lui rendre son arme, je vis des regards lourds se tourner vers moi. Abdoulaye, le chef caissier, me regardait les sourcils froncés. Ça me fit sourire :

- Non, Abdou, je ne vais pas flinguer le patron ! Quand je voudrai faire un casse, je commencerai par toi !...

Ça le fit rire et ça détendit l'atmosphère générale. Il est vrai que circuler dans une banque une carabine à la main n'est guère convenable.

La journée fut chargée. Après trois jours d'absence, les en-cours s'étaient accumulés.

Montigny avait fait un travail admirable. Il avait consciencieusement ouvert le courrier et avait méticuleusement empilé les lettres sur mon bureau. En haut de la pile, il avait placé un papier, une feuille de format 21x27, avec ces mots aussi simples que judicieux et définitifs : « courrier à traiter. » C'est quand même rassurant d'avoir un patron qui développe un tel sens des responsabilités !

A dix-neuf heures, je pensai qu'il était temps de me rendre au Club. Je mourais d'envie de faire une partie de tennis. Ces cinq jours de voyage, enfermé dans la voiture sur les pistes cahoteuses du désert mauritanien, m'avaient complètement ankylosé.

J'arrivai sur le terre-plein qui sert de parking en même temps que la Moskvitch de Vladimir. J'étais content. Le Soviétique est l'un de mes partenaires préférés. Nous descendîmes de voiture et j'allai le saluer :

- Tovaritch KGB, comment vas-tu ?
- Moi pas KGB, Charly ! Moi culturel conseiller...

Il me fait rire. Il faut toujours qu'il essaie de se justifier. Tout le monde sait qu'il est colonel du KGB, et tout le monde s'en fiche ! Et moi plus encore que tout le monde ! Ce qui me plait en lui, c'est qu'il joue bien au tennis et qu'il a la politesse de me laisser gagner à l'occasion.

Nous faisons aussi des parties d'échecs, Vladimir et moi. Là, il lui est difficile de me laisser gagner. Il y a trop d'écart de niveau. Les Russes ont les échecs dans le sang.

Pour les échecs, nous ne mettons donc pas d'enjeu aux parties. Pour le tennis, si. Quand je perds, mon gage est de lui offrir quelque objet dont il rêve mais qu'il lui est difficile de s'acheter. Les Soviétiques de l'ambassade sont payés en roubles. Et les roubles ne donnent guère de pouvoir d'achat, une fois transformés en Francs, fussent-ils des Francs CFA. Alors, quand je perds un match avec enjeu, Je vais au Nouakchott Bazaar lui acheter un disque des Beatles ou une boite de chocolats belges. Lui, il me paie mes victoires en bouteilles de vodka ou en boîtes de caviar. Ils les a pour rien, à l'ambassade.

Ce soir, c'est moi qui ai gagné. Je vais encore avoir une bouteille de Russky Standardt à mettre dans mon placard. Je vais bientôt pouvoir ouvrir un commerce !

J'ai pris ma douche et j'arrive au bar. Je fais un petit signe à Ramatoulaye et m'approche des deux personnes assises devant le comptoir : Monseigneur et le commissaire Galtier.

- Voici le sabre et le goupillon de nouveau réunis ! m'exclamé-je.
- Charly, votre insolence vous conduira en enfer, s'exclame l'évêque !
- Je préfère ça aux geôles du ministère de l'Intérieur, réponds-je en regardant le commissaire.

J'offre une tournée de Chivas et nous bavardons aimablement. Galtier me demande des nouvelles de ma partie de chasse.

- Vous étiez à la chasse ? C'est pour cela que l'on ne vous a pas vu ici ces derniers jours, demande l'évêque ?
- Que voulez-vous, Monseigneur : qui va à la chasse perd sa place ! C'est bien connu.
- Et vous avez ramené quelque chose,
- Il a ramené la gazelle qu'il a emmenée avec lui, s'esclaffe le commissaire Galtier en faisant un gros clin d'œil à Ramatoulaye qui nous apporte nos verres !

Ça va, l'ambiance est bonne, ce soir.

J'explique à mes amis que nous sommes allés chasser dans la région de Temagouthe. Le coin est tellement désertique que nous aurions effectivement pu y passer cinq jours sans que personne ne nous vît.

- Donc, mon cher comte, me dit l'évêque, vous n'avez rien attrapé…
- Nous avons attrapé autant de gibier que vous amenez de convertis dans votre cathédrale, monsieur l'évêque !

Cette saillie me vaut encore une tournée de whisky. Le prix de l'humour est élevé, au Club de Nouakchott !

J'avise Milos et Werner, sous la paillotte rose. Je passe leur dire bonsoir. Nous avons deux ou trois questions à régler. C'est vite fait. Notre plan est au point. Il n'y a plus qu'à dérouler.

Je suis fatigué. Je reviens vers le bar. L'évêque est parti vers ses oraisons vespérales. Je dis au revoir à Galtier qui me retient par le bras et me fait rasseoir d'un geste impératif :
-   Que prends-tu ?
-   Un Perrier-rondelle…
C'est vrai, quoi, l'alcool, j'en bois un peu trop. Il faut que je fasse attention si je ne veux pas finir comme le commissaire. Il hèle Ramatoulaye :
-   Tiens, petite, donne-nous un Black label et un Perrier-rondelle !
Il m'offre un cigarillo, en prends un et les allume. Il en tire une longue bouffée et me dit :
-   Demain soir, nous sommes invités à dîner.
-   Nous ?
-   Oui, toi et moi.
-   Par qui ?
-   Charles de Gaulle.
Charles de Gaulle Abdelaziz ould Mokhtar est un jeune, puissant et riche Beïdane de haute extraction. Mokhtar ould Dah, son père a combattu comme sous-officier en 44 et 45 dans l'armée du général Juin où il gagna la médaille militaire. Il garda de cette époque

une parfaite dévotion au général de Gaulle et, en 1946, il attribua à son premier fils le prénom assez inusité de Charles de Gaulle[2].

A seulement vingt-deux ans, Charles de Gaulle est un personnage important de Nouakchott. Il possède une grosse société d'import-export et il dispose d'un bureau au ministère de l'Economie et des Finances. On est précoce, chez les Beïdanes de haut rang.

Nous nous entendons bien. Nous traitons des affaires ensemble ; importantes.

Les ouvertures de crédit qu'il me demande font toujours l'objet d'âtres négociations, pouvant parfois durer des heures. Mais quand nous sommes d'accord, il me tape dans la main et je sais qu'il ne trahira jamais sa parole. Bien sûr, je ne lui fais jamais signer aucun contrat : ce serait lui faire injure.

Lorsque nous nous quittons, il n'a pris aucune note. Moi, je remplis un contrat pour le siège parisien de la banque, et je le signe de son nom. C'est un faux, bien sûr, mais je n'ai pas le choix : au siège, ils veulent des papiers ! Et puis je ne risque rien. Charles de Gaulle a tout en mémoire et il ne dérogera jamais en rien à notre accord. Il se déshonorerait à faire ainsi.

C'est comme cela qu'on traite avec les Beïdanes, en Mauritanie.

Il m'a déjà invité deux fois à dîner.

Il n'invite pas chez lui. Un Beïdane n'invite jamais chez lui, surtout pas un étranger.

Il invite à dix kilomètres de Nouakchott, en plein désert. Là, il fait installer une tente en haut d'une dune. Un peu en contrebas, il y a la cuisine mobile et le

---

[2] Authentique.

groupe électrogène qui fournit l'éclairage. Des esclaves font la cuisine et apportent les plats en haut de la dune. D'autres se tiennent au pied de la dune, fusil-mitrailleur en main, pour que les convives ne puissent en rien être importunés.

Alors, sous la tente équipée de magnifiques tapis et d'une multitude de coussins de cuir finement décorés, on dîne. On se régale de mets aussi nombreux que raffinés. On boit du thé à la menthe ; et l'on bavarde aimablement jusqu'à une heure avancée de la nuit.

- Mais, commissaire, pourquoi sommes-nous ainsi invités ?
- Charles de Gaulle voulait me recevoir. Il m'a demandé si je souhaitais que quelqu'un m'accompagne : je lui indiqué ton nom…
- Merci.

Il est vrai que le commissaire et moi avons développé des liens amicaux. Nous avons des caractères assez proches, et je crois qu'il me considère un peu comme une sorte de fils spirituel.

Il me dit que Charles de Gaulle m'enverra son chauffeur pour me prendre à la banque à dix-neuf heures. Nous passerons alors au ministère pour récupérer le commissaire et nous rejoindrons notre hôte, quelque part dans le désert.

Je prends congé. Je dis à Ramatoulaye que je suis fatigué et que je rentre. Elle prendra un taxi à la fin de son service.

- A demain, commissaire !
- A demain, Charly !

8

CHARLES

Jeudi 19 décembre

Le dîner a été, comme toujours chez Charles de Gaulle, parfait.

Son chauffeur est passé nous prendre dans la limousine Mercedes. Nous avons roulé une dizaine de minutes dans l'obscurité puis nous avons vu « la dune. »

Elle était haute d'une dizaine de mètres et, au sommet, une grande tente était dressée, éclairée par trois projecteurs. A une cinquantaine de mètres de là, il y avait un camion et deux Land-Rover. La cuisine, le groupe électrogène et la voiture de notre hôte.

Au pied de la dune, trois Harratines, en tenue camouflée et portant un fusil-mitrailleur à l'épaule, se mirent au garde-à-vous à notre arrivée.

C'était impressionnant. Je pensai rapidement que quand il venait me voir au bureau, Charles de Gaulle le faisait le plus souvent habillé d'un simple et sobre boubou blanc, pieds nus dans des babouches, et sur le dos de son chameau ; qu'il attachait devant la banque.

Les Beïdanes aiment la puissance et l'argent mais n'en font jamais aucune ostentation. Ils gardent l'attitude simple et austère des seigneurs du désert.

Nous vîmes Charles de Gaulle qui s'avançait vers nous pour nous accueillir ; il salua d'abord le commissaire puis me prit dans ses bras :

- Charles ! Mon frère ! Merci de ta visite !

Nous sommes frères. Ainsi en a décidé Charles de Gaulle après que nous eûmes négocié quelques contrats. C'est un signe d'amitié et de respect de sa part. Et puis, il est très fier que nous portions, au moins partiellement, le même prénom.

Bien sûr, nous nous tutoyons. Non pas parce que nous sommes frères mais parce que le voussoiement est banni des relations avec les Beïdanes. C'est ainsi et je m'y étais fait assez vite.

Avec les Sénégalais, en revanche, il est plus convenable de ne réserver le tutoiement qu'aux personnes avec lesquelles on a déjà développé un certain niveau de familiarité. Il faut connaître les codes de la vie en société.

Nous montâmes jusqu'à la tente.

Le sol était couvert de tapis précieux. Tout autour, étaient disposés des coussins recouverts de cuir de chameau, habilement travaillé et décoré ; et d'autres, recouverts d'étoffes chatoyantes.

Au milieu de la tente étaient disposés de grands plateaux de cuivre portant des assiettes pleines de délicieux amuse-gueules à la mode du pays. Avec le couscous méchoui que l'on n'allait pas manquer de nous apporter tout à l'heure, il y aurait là de quoi nourrir la médina de Nouakchott pendant une bonne semaine !

J'offris à Charles de Gaulle la boîte de Havanes que je lui avais apportée. Je sais qu'il est friand de ces cigares. Christian Galtier lui offrit un livre recouvert de cuir vert, doré sur tranche et précieusement décoré. S'agissait-il d'un livre saint ou d'un livre porno, je l'ignore. Je ne lis pas l'arabe.

- Christian, tu as apporté ton Beaujolais, j'espère ? demanda Charles de Gaulle à Galtier.
- Bien sûr, mon ami.

Galtier sortit alors de son sac une bouteille de Juliénas et un tire-bouchon. C'était la coutume. Charles de Gaulle ne buvait bien sûr pas d'alcool et ne pouvait pas en offrir, mais il eût été fâché si les hôtes qu'il traitait à titre amical n'eussent pas apporté leur breuvage préféré ; pour leur usage personnel et exclusif, naturellement.

La délicatesse des grands Beïdanes rejoint leur noblesse !

On mangea, on but, on fuma en plaisantant et bavardant aimablement. Les esclaves apportaient sans cesse de nouveaux mets, tous aussi délicieux les uns que les autres.

Charles de Gaulle me fit part de ses projets d'investissements dans des pêcheries. Il envisageait l'achat d'une flotte de chalutiers. Que les Soviétiques aient en permanence une flotte de bateaux-usines au large des côtes poissonneuses de son pays l'énervait au plus haut point ; à juste titre. Voici un sujet que j'éviterai consciencieusement d'évoquer avec Vladimir, quand nous prendrons notre douche après notre prochain match.

*

Il est onze heures passé.

Je dis à Charles de Gaulle combien cette soirée a été agréable et combien il est dommage de devoir rentrer s'enfermer dans une maison.

-     Mais, Charles, si tu le souhaites, reste ici ! Je te fais apporter de bonnes ouvertures, bien chaudes, en poil de chameau. Tu auras à ta disposition le plateau de confiseries et du thé chaud. Mes gardes veilleront au pied de la dune sur ta tranquillité, et je t'enverrai le chauffeur demain à six heures et demie…

Je suis tenté. La nuit est si belle, encore assez douce.   Charles de Gaulle reprend, sur un ton plus décidé :

-     Tu vas rester ! Au moins un moment… regarde notre ami qui est plongé dans un profond sommeil. Nous n'allons quand même pas le réveiller !...

Galtier est en effet effondré dans ses coussins, et son sommeil est aussi profond que ses ronflements sont sonores. Je ne puis m'empêcher de rire, et mon hôte me rejoint dans mon hilarité.

-    Ecoute, je vais m'en retourner mais vous restez là tous les deux. Je vous laisse la Mercedes et le chauffeur. Quand vous voudrez rentrer, il vous suffira de le lui dire.

Nous faisons ainsi.

Je remercie chaleureusement Charles de Gaulle qui prend congé et, accompagné d'un garde du corps, rejoint sa Land-Rover.

Je demeure là, en bordure de la tente, allongé sur le dos, les mains derrière la nuque, à observer la voute céleste étoilée.

Ainsi se termine ma nuit avec Charles de Gaulle...

... et commence pourtant l'une des nuits les plus importantes de ma vie : celle où bascula mon destin : chez Charles de Gaulle.

Le désert est quand même un lieu particulier, privilégié et bien étrange, pensé-je...

9

CHARLES

Samedi 21 décembre

Il est six heures trente.

Les premières lueurs du jour commencent d'apparaître. Le soleil ne va pas tarder à se lever : très vite, comme il le fait toujours sous les tropiques.

Nous roulons à travers la médina en direction de l'aéroport. C'est la routine du vingtième jour des mois pairs. Je transporte la caisse contenant la paie des ouvriers de Zouerate.

En décembre, le transfert est de 50% supérieur. Il y a double mois en fin d'année. Nous transportons plus de billets, mais moins de pièces. Nous avions prévu en conséquence au mois d'octobre.

Au début de la semaine prochaine, les comptables de l'usine vont se mettre à l'œuvre. Au vu des états qui leur auront été fournis par le service du personnel, ils vont remplir des enveloppes nominatives, classées par département et par équipe, avec le montant exact de la paie. Chaque enveloppe contiendra des billets de mille, de cinq cents, de cent, et des pièces. Il y aura trois mille cinq cents enveloppes à préparer. On ne connait pas le chèque, à Zouerate.

Le reste du contenu de la caisse sera placé dans un coffre-fort en vue de la préparation de la paie de janvier.

Hier après-midi, j'ai pris une grande caisse en bois dans la chambre forte de la banque et je me suis rendu à la Banque Centrale des Etats de l'Afrique de l'Ouest, BCEAO.

Là, enfermés dans la salle des coffres, nous avons rempli la caisse. Il y avait avec moi le sous-directeur de la Banque Centrale et le trésorier. L'opération (comptage et rangement) nous a pris une petite heure. Ensuite, nous avons cerclé la caisse et apposé les scellés.

Après ces opérations, je fis charger la caisse dans la voiture de la banque et, accompagné de Muhammad, mon chauffeur, et d'Ahmed, le garde du corps, je rentrai à l'agence où la caisse allait passer la nuit dans la chambre forte. Je ne pouvais en effet pas en prendre livraison le matin : la Banque Centrale n'ouvre qu'à neuf heures.

Ce matin, je suis assis à côté de Muhammad, et Ahmed est sur la banquette arrière du *station-wagon* Ford de la banque. La caisse est derrière Ahmed, sur le plancher du vaste véhicule.

Pour faire ce genre de livraisons, je dois toujours être accompagné de deux gardes : c'est la procédure exigée par les assurances, en matière de transports de fonds.

J'ai pris le Beretta 9 mm de l'agence. Ça aussi, ça fait partie de la procédure. Je l'ai placé, par précaution, sous mon siège. Je n'aime pas trop les armes et la procédure n'interdit pas cet emplacement. Muhammad et Ahmed ne sont pas armés.

Chaque fois que je traverse la médina pour livrer ma caisse emplie de billets de banque, je me demande ce que je ferais si l'on était attaqué. Je me le demande et pourtant, je sais bien la réponse : je ne ferais rien ! Je n'ai ni l'étoffe ni l'âme d'un héros. La procédure n'exige d'ailleurs pas le sacrifice suprême.

Je m'interroge souvent aussi sur la pertinence qu'il y a à procéder de cette manière au transfert de fonds si importants. Certes, la voiture est « banalisée », comme on dit, mais tout le monde à Nouakchott connait la grosse *station-wagon* de la banque. Et puis, ces transferts ont lieu à date fixe. Il serait facile de bloquer la voiture avec une charrette, de s'emparer de la caisse et de disparaître dans la nature…

… dans la nature ?... non, c'est là que le bât blesse. Nouakchott est une île au milieu d'un océan de sable. Les gangsters seraient vite repérés et arrêtés. Et, en Mauritanie, on n'aime pas trop les voleurs. On leur coupe facilement la main, voire le cou…

Il n'y aura pas plus de hold-up ce matin, dans la médina de Nouakchott, que les mois précédents.

Nous arrivons sur le tarmac de l'aérodrome. Le DC3 se trouve déjà placé devant le bâtiment qui tient lieu de gare.

Muhammad s'arrête un instant au poste de garde, salue le vigile, pénètre sur le site et va stationner notre voiture juste au-dessous de l'avion.

Je descends. Muhammad et Ahmed restent près de la voiture.

J'avise pas mal de monde autour de l'appareil. Je reconnais mon ami Adrien Pic, le directeur de l'ASECNA, l'entreprise qui gère l'aérodrome. Il y a aussi Bernard Follin, un breton qui dirige les ateliers de maintenance et qui préside l'aéroclub. Je vois un peu plus loin Milos Milutinovitch et Werner Grünewald qui font équipe sur ce vol pour Zouerate. Je vois aussi des personnes que je ne connais pas: les passagers, sans doute. Il y a un maigre, grand et vieux Beïdane, accompagné d'un bouc et de trois brebis ; un autre, plus petit, avec des poulets et des lapins dans des paniers ; et sa femme, derrière lui, tenant un petit garçon et une petite fille par la main. Derrière se trouvent deux grands Noirs, des Toucouleur sans doute, en chemise blanche avec cravate… et puis…

… et puis j'avise Monseigneur, impressionnant dans sa grande soutane blanche à liserés violets. Je m'avance pour lui présenter mes civilités matinales :

-   Salut et Fraternité, Monseigneur !
-   Travail, Famille, et Patrie, monsieur le comte !

Depuis quelques temps, il a trouvé cette formule pour me saluer. Il en est très fier et ça l'amuse beaucoup. Il sait que cette devise n'est pas exactement la mienne et que j'ai peu d'inclination pour les idées maréchalistes, contrairement au reste de ma famille.

Je ris poliment et lui demande :

- Vous allez dire la messe de Noël au fond la mine, Monseigneur ? Prenez garde à ne pas salir votre belle soutane.
- Non Charly, c'est le Père Benoît qui se rend pour la première fois à Zouerate et qui me représentera auprès des ouvriers chrétiens du site.

Je n'avais pas remarqué le Père Benoît qui se tient modestement derrière l'évêque. Il est petit, frêle, chauve et porte sobrement une chemise noire avec un petit col blanc. Je le salue et me retourne vers l'évêque.

- Eh bien, Monseigneur, je vois que monsieur votre coadjuteur a adopté une tenue mieux appropriée à la situation.

Le père Benoît, qui n'est que vicaire, rougit de la promotion que je lui ai ainsi accordée. Nous bavardons un moment. Le père Benoît me dit qu'il brûle de découvrir Zouerate dont on lui a fait grand cas. J'hésite à lui rétorquer qu'il attende d'être en enfer pour brûler pour de bon, mais je me retiens à temps. A quelques jours de Noël, ce ne serait pas très délicat.

Milos s'approche de nous, salue l'évêque et le vicaire.

- Cher monsieur Milutinovitch, lui demande l'évêque, comment va notre chère Jeanne-Marie ?
- Fort bien, Monseigneur, elle vous adresse ses respectueuses salutations.

J'ai eu un instant l'impression qu'il y avait un peu de jalousie dans le ton de l'évêque. N'a-t-il eu avec sœur Jeanne-Marie du Sacré Cœur de Jésus que des relations canoniques, ou bien ?…

Je me dis que si je connaissais quelques petits secrets sur Monseigneur, ça contrebalancerait celui qu'il sait sur ma naissance et ça m'économiserait quelques tournées de whisky. Il faudra que j'enquête.

Milos me serre la main et me dit qu'il ne faudra pas tarder à embarquer mon chargement car l'heure du décollage est proche.

Les passagers embarquent selon un ordre protocolaire bien défini. C'est d'abord le grand pasteur avec son bouc et ses brebis : c'est normal, c'est un Beïdane de vieille lignée. Et puis, c'est l'autre Beïdane avec ses poulets ; devant sa femme, comme il se doit. Après, c'est le tour des deux comptables toucouleur en chemise blanche avec cravate noire : ils sont noirs, mais mauritaniens. Enfin, vient le tour du Père Benoît : il n'est qu'un catholique, c'est-à-dire pas grand-chose : une manière de mécréant.

Sur un signe de ma part, Muhammad et Ahmed transportent alors leur précieux fardeau à bord de l'avion. Je surveille l'opération : c'est la procédure.

Les moteurs tournent maintenant à fond.

L'avion s'éloigne sur le taxiway et va rejoindre la piste de décollage. Pendant une minute, les pilotes procèdent à la « check list » en bout de piste. Tels que je les connais, la check list réglementaire doit consister à trinquer avec des gobelets de Johnny Walker !

L'avion s'élance enfin et décolle.

Je demeure immobile à le regarder monter et s'éloigner. Je ne dois pas le quitter pas des yeux jusqu'à ce qu'il disparaisse à ma vue : c'est la procédure.

Une fois que l'on ne peut plus discerner l'avion, je suis Adrien jusqu'à son bureau qui est installé dans un baraquement proche. Nous entrons et je décroche le téléphone. J'appelle Jean-Claude, le chef d'agence de la banque à Zouerate.
- Allo ! Jean-Claude ?...
- Non, c'est Abdullah...
Abdullah est le sous-directeur de l'antenne de la banque.
- Salâm Aleikum, Abdul ! Comme ça va ?
- Aleikum salâm, Charly ! Ça va bien, et toi ?
- Bien, et la famille ?
- Ça va, merci, et la santé ?
- Parfait ! Toi aussi ?
Les salutations prennent un peu de temps, ici, mais c'est la coutume et je m'en voudrais d'y déroger. C'est ce que l'on appelle de façon un peu impertinente chez nous les salamalecs.
- Bien, Charly, merci... et les affaires ?
- Ça va pas mal... et chez vous ?
- Ça va bien ... Bon, tu m'appelles pour le décollage ? La procédure ?
- C'est ça. L'avion a décollé à 7 h 28.
- Aucun problème ?
- Aucun.
- Ça fait une ETA[3] vers 10h 15, n'est-ce pas ?

---

[3] *Expected Time of Arrival*. Code couramment utilisé pour signifier l'heure prévue d'arrivée, en transports aérien et maritime.

- Tu peux même prévoir un atterrissage un peu avant dix heures : c'est Milos qui pilote.
- Il est pressé ?
- D'avaler son pastis, oui !

Nous rions tous les deux. Abdullah a toujours un léger mépris - peut-être mêlé d'un peu d'envie - pour l'inclination qu'ont les Européens pour les apéritifs alcoolisés.

- Bon, j'y serai avant dix heures... et quand donc aurons-nous le plaisir de te revoir ici, Charly ?
- Bientôt, j'espère... Salut, Abdul, bonne journée !
- Bonne journée à toi. Porte-toi bien, Hamdoullillâh !

« Hamdoullillâh »... « Grâce à Dieu ! »... Il est gentil, Abdullah : je vais bien en avoir besoin, de la grâce de Dieu !

Je rejoins ma voiture. Monseigneur s'éloigne déjà dans sa Citroën DS 19 vers sa cathédrale. Il doit avoir une ou deux messes à dire. Il faut bien qu'il mérite son whisky du soir, quand même !

Nous démarrons. Muhammad me demande :

- Tu rentres à l'agence, Patron ?
- Non, j'irai plus tard. Dépose-moi à la villa, s'il te plait.

*

Je rentre dans la villa, salue Bakary qui m'a préparé un petit déjeuner réconfortant.

113

Je m'assois. Ramatoulaye entre dans la pièce et me dépose un petit baiser sur le front :

-   Bonjour, Charly. J'ai téléphoné au Club. J'ai prévenu Roger que je ne pourrai pas venir… que je suis un peu souffrante.
-   Ne t'inquiète pas ! On va te soigner, ma Gazelle !

Et j'éclate de rire. Je ne devrais pas, mais on ne peut pas toujours se contrôler…

Deuxième partie

Vol de jour sur le Sahara

10

MILOS

Samedi 21 décembre

C'est moi qui tiens le manche.

Ce poivrot de Werner a encore abusé un peu hier soir. Quand je suis allé le chercher chez lui ce matin, il n'était pas frais. J'ai dû le secouer. Et en plus, je me suis fait engueuler par Greta ! Qu'est-ce que j'y peux, moi ? Je n'étais même pas avec lui, hier soir. Il était aux Trois Paillottes, le bordel du Ksar !... mais ça, je ne l'ai pas dit à Greta : ça n'aurait rien arrangé.

Je regarde l'altimètre : 2.500 pieds. Nous montons bien.

Werner sort de sa torpeur.

- Où qu'on est ?
- En l'air !

Il m'énerve. Il s'endort avant le décollage et dès qu'il se réveille, il prend ses allures de chef.

- Je m'en doute, qu'on est en l'air ! Mais où ?
- A 2.500 pieds. Tu veux qu'on monte encore ?
- Oui. Monte ! A quelle heure on est parti ?
- 7h 28.

Il regarde sa montre.

- Il est 7 h 37… on a fait combien ?

117

Il n'a jamais été bon en calcul mental, Werner.

- On monte à 200 km/h, on fait un peu plus de trois kilomètres à la minute… ça fait 27 ou 28 kilomètres…
- C'est bon, tu peux tourner.

Je poursuis notre ascension. L'avion n'est ni pressurisé ni chauffé. A plus de mille mètres, à cette heure-ci, il fait froid.

Au décollage, j'ai pris un cap franchement nord-est, celui de Zouerate. J'effectue maintenant un large virage sur la droite pour prendre un cap sud-est. Comme Werner et moi en sommes convenus, je fais aussi au passage deux petits virages à gauche et à droite, des sortes de zigzags pour tromper un peu les passagers.

- Bravo, me dit-il. Ils auront perdu le sens de l'orientation.

Je réalise soudain que notre ruse est moins fine que nous ne le pensions. Au lieu que le soleil levant ne pénètre dans la cabine par la droite, il va arriver par la gauche… je fais part de ma réflexion à Werner.

- Tu crois qu'ils vont s'en rendre compte ? me demande-t-il. Je vais aller les voir.

Le commandant de bord passe dans la cabine des passagers. J'entends un comptable qui lui demande :

- Nous avons changé de direction, commandant ?
- Nous faisons juste un petit détour pour éviter un orage hivernal…
- Mais, il n'y a pas d'orages en hiver, s'exclame l'autre comptable !

- Il y en a très peu, j'en conviens, mais c'est justement pour cela qu'ils sont redoutables !

Je n'ai jamais entendu une réponse aussi stupide ! Werner se surpasse. Mais je dois reconnaître que la situation était embarrassante. Finalement, quand on exprime les plus grosses énormités avec la plus grande assurance, ça passe. Et quand on a des galons dorés sur les épaulettes, ça passe encore mieux. Ils paraissent, sinon rassurés, du moins satisfaits de la réponse.

Werner poursuit :

- Nous allons devoir prendre de l'altitude pour passer au-dessus de la perturbation. Il fera un peu froid, mais c'est le prix de la sécurité.
- Bien commandant ! répond le chef des comptables.
- Soyez assez bon, cher monsieur, lui demande Werner, de bien vouloir traduire ceci à vos compagnons de voyage.

Je lance un regard par-dessus mon épaule. De toute évidence, les passagers sont subjugués. Les comptables, très fiers de leur bilinguisme, traduisent aux Beïdanes. Le Père Benoît égrène à tout hasard son chapelet. Les brebis et le bouc sont assoupis.

Werner rentre dans le cockpit. Il referme la porte derrière lui et éclate d'un rire qu'il a eu bien du mal à étouffer jusqu'ici.

- Bravo, lui dis-je ! Bien joué.
- Il faudra les surveiller un peu quand ils auront froid. Il ne faudrait pas qu'ils nous allument un brasero. On a déjà donné sur le vol de Nouadhibou !

Nous convenons de passer faire des rondes en cabine à tour de rôle.

Werner reprend sa casquette de commandant de bord. Il saisit la feuille de route que nous avons préparée, regarde alternativement sa montre et la carte, et me dit :

- Monte encore... jusqu'à quinze mille pieds, que l'on soit parfaitement invisibles ; ou tout au moins non identifiables. Et puis vire un peu vers tribord. Il faut qu'on passe à l'ouest de Boutilimit et d'Aleg... après, on tirera un bord vers le nord pour éviter Kaédi... Aucun vol n'est prévu aujourd'hui dans le secteur. Inutile d'attirer l'attention.

Il calcule le cap et m'en indique les coordonnées. Boutilimit, Aleg, Kaédi... C'est là que nous sommes passés samedi. Je me dis que c'est quand même plus rapide et plus confortable en avion qu'en voiture !

Nous avons revêtus des blousons chauds et nous avons mis notre chauffage à fond. Il s'agit d'une bouche d'aération amenant un peu d'air chaud depuis les moteurs. A basse altitude, nous n'en avons pas besoin. A neuf mille pieds, ce n'est pas du luxe.

Les passagers, eux, doivent avoir froid. Ça leur fera des souvenirs.

C'est moi qui fais la ronde suivante. J'ai ôté mon blouson par souci de solidarité avec les passagers. Et puis pour qu'ils soient convaincus du caractère imprévu de la situation. Un comptable me demande en claquant des dents :

- Devrons-nous demeurer ainsi longtemps en altitude, commandant ?
- Je le crains. Nous avons à faire à un cumulo-nimbus poursuivi par un cirro-stratus. S'ils se rejoignent, la combinaison est particulièrement redoutable.

Le comptable, profondément impressionné, en demeure bouche bée… comme les brebis !

Il est neuf heures et nous venons de dépasser Kaédi par le nord. Kaédi, j'y ai souvent fait étape. C'est la perle du sud de la Mauritanie, la capitale des Soninké et des Peulh. Il y a de l'eau, à Kaédi, de l'irrigation : la ville est située sur le Fleuve. On y cultive le riz… et tout un tas de jolies plantes… Je me souviens d'Aminata, une petite Peulh qui avait bien des talents et… Non ! Concentrons-nous sur notre pilotage.

Nous sommes remontés à une quinzaine de kilomètres au nord de la ville. Personne n'a pu nous voir passer et l'on ne commencera à se poser des questions à Zouerate qu'après dix heures et demie. Nous avons encore du temps.

Et qu'est-ce qu'ils vont faire à dix heures et demie ? L'aérodrome de Zouerate va appeler Nouakchott :

- Nous n'avons pas le contact avec 5C-300. Quelle est son ETA ?
- Toujours 10h 15…
- Il est 10h 30 !
- Ah oui… ils sont en retard…
- Ils sont bien partis à 7h 30 ?

- Oui… 7h 28 exactement.
- Ils devraient être là…
- Appelle-les par VHF !
- J'ai appelé… ça répond pas…

Ça va être une conversation dans ce genre. Et puis, ils vont convenir d'attendre un peu, encore une demi-heure. Des fois que l'avion aurait rencontré des vents contraires. Que peuvent-ils faire d'autre ?

A onze heures, on va commencer à s'inquiéter. On va en référer d'abord à la direction d'Air Mauritanie. Les grands chefs vont s'enquérir de qui était à bord. Les ennuis sont toujours fonction de la qualité des passagers. S'il y a un industriel, c'est fâcheux. Si c'est un homme politique, c'est catastrophique. En l'occurrence, il s'agit d'un berger, d'une famille de nomades, de deux comptables toucouleur et d'un curé : tout ça n'est pas trop grave. Quant aux pilotes, n'en parlons pas ! Deux de perdus, dix de retrouvés !

Vers midi, le ministère sera au courant. Où l'avion peut-il bien être ? Bien enfoncé dans le sable, sans doute, après y avoir creusé un grand trou ! Comme ça se produit bon an mal an une fois tous les douze ou dix-huit mois… et puis, penseront-ils, Milutinovitch en a déjà planté un !...Ça, ça ne me plait pas trop…

… Il faudra quand même organiser des recherches : sur sept cents kilomètres de désert !...

On enverra un avion depuis Nouakchott et un autre depuis Zouerate et on cherchera. On cherchera d'abord une fumée : ça se voit de loin. On ne verra pas de fumée. Alors on volera à plus basse altitude pour rechercher une épave dans le désert… ou une épingle dans une botte de foin : c'est pareil.

Ce n'est pas avant demain, au plus tôt, que l'on aura l'idée d'aller chercher l'avion ailleurs. Et demain, nous serons loin.

Werner a pris les commandes. Je fais le point, et regarde la carte.

-   Regarde à tribord, m'écrié-je, le Fleuve.

Werner se penche de mon côté et regarde par le hublot. Le fleuve Sénégal scintille au loin, à une bonne vingtaine de kilomètres. Je reprends :

-   On est en approche de Bakel. Prends un angle de 25° à bâbord pour éviter le survol de la ville. Tu suis ta ligne durant dix minutes et on sera presqu'en vue

Pendant que Werner manœuvre, je pense à la suite. Normalement tout devrait bien se passer. Mais tout n'est pas simple.

D'abord, il faut réussir un atterrissage périlleux.

Ensuite, il faut que l'on règle la question des passagers. Werner avait avancé une solution radicale, en caressant son P38. Nous l'avons dissuadé, mais je pense qu'il n'y avait jamais songé réellement. Il est comme ça, Werner, un peu brut de décoffrage.

Qu'est-ce qu'ils pourraient bien faire pour nous ennuyer, les passagers ? Rien. Ils ne vont pas faire décoller l'avion. Ils ne vont pas faire un appel radio. Ils ne savent sûrement pas s'en servir, et puis nous la saboterons avant de partir.

Le point qui m'ennuie le plus, c'est de savoir si Ramatoulaye a joué le jeu… Elle a parlé durant cinq minutes avec le vieux. On n'y comprenait rien. Elle a pu lui raconter ce qu'elle voulait… mais quoi ? A-t-elle joué son jeu personnel ? Pour quelle raison l'aurait-elle fait ? Pour faire capoter l'opération ?... Dans quel intérêt ? Pour toucher une prime ?... Non, je n'y crois pas... Charly la contrôle...

Et si quelqu'un s'est pointé par hasard au village depuis dimanche ?... un médecin, un curé, un ONG, un gendarme, que sais-je... Le vieux a dit qu'il allait cacher la voiture, mais les enfants, ça ne sait pas tenir sa langue... et je ne parle pas des femmes !

C'est idiot ! Je me fais des inquiétudes pour rien mais je ne serai quand même pleinement rassuré que quand je serai au volant de mon AutoGAZ-69 !...

... Mais revenons à nos moutons. Le moment délicat approche.

- On y est presque, Werner... il faut descendre, maintenant, vite. Il n'y pas de bourgade à survoler. Tu peux plonger.

C'est ce que nous avions prévu : voler en altitude le plus longtemps possible pour ne pas être repérable, et puis plonger au dernier moment en suivant une ligne évitant toute agglomération d'importance ; toute agglomération où il pourrait y avoir un poste de gendarmerie, voire même seulement un téléphone.

Werner tient les commandes et je le guide.

Nous descendons très vite, presque en piqué. Ça fait mal aux oreilles. On doit s'inquiéter un peu, derrière. Le curé doit faire ses prières.

Nous sommes à trois cents pieds, maintenant, et Werner a réduit au minimum la vitesse. Le train d'atterrissage est sorti et nous volons à 70 nœuds, juste au-dessus de la vitesse de décrochage.

Je regarde devant avec mes jumelles. Ça y est : je vois la petite forêt, puis le champ de sorgho, les deux baobabs que nous avions repérés et, au fond, le hameau. Nous y sommes !

- Là-bas, Werner, rappelle-toi, il faut passer entre les deux baobabs... aligne-toi...
- Vu !
- Descends encore... pilote à vue, je t'annonce les altitudes : 180 pieds... 150... 120... 100... ça y est, on a passé la forêt, tu peux encore descendre ! 90... là, regarde ! Le village, juste dans l'axe ... 60... 30...20... Landing !

Je me cramponne. Ça tape un peu, mais c'est un bel atterrissage. Chapeau !

Nous bloquons maintenant les freins et l'avion va s'immobiliser à vingt-cinq mètres environ du village. Werner coupe les moteurs et souffle un grand coup. Je me tourne vers lui :

- Bravo, Wern ! Je me demandais si tu savais encore piloter. Eh bien : tu sais !

Nous nous serrons, la main, détachons nos ceintures et passons dans la cabine des passagers. Ils ont dû être secoués.

Ils l'ont été ! Les deux comptables toucouleur sont presque blancs !... Enfin, façon de parler ! Le curé est par terre s'accrochant désespérément au cou d'une brebis. La brebis bêle. Elle ne comprend pas... ou alors le curé n'est pas son genre ? Les Beïdanes égrènent leur chapelet espérant s'attirer ainsi la mansuétude du Ciel.

Je m'amuse un instant de ce spectacle mais me ressaisis bien vite. Ce n'est pas tout ça, il faut agir. Werner me dit :

-   Tu t'occupes des passagers. Moi, je vais manager le vieux.
-   C'est vrai qu'on a oublié de lui dire qu'on reviendrait en avion !

Nous rions tous les deux un bon coup. Ça fait du bien.

Je jette un coup d'œil à ma montre : il est 10h 05. Nous avons fait vite. Nous sommes un petit peu en avance sur notre horaire.

Werner a remis sa casquette galonnée sur sa tête. Il traverse la cabine au milieu des cris des enfants, des pleurs de la femme, des bêlements des brebis, des caquètements de poulets, des mélopées des Beïdanes et des litanies du Père Benoît.

Il ouvre la portière, bascule l'escalier et dit :

-   Personne ne sort ! Monsieur le commandant en second Milutinovitch a des explications et des instructions à vous donner. Tout va bien se passer.

Sur ce, il descend. J'ajuste à mon tour ma casquette sur ma tête : le prestige de l'uniforme et des galons dorés ! Je me place au milieu de l'allée pour délivrer mon petit discours.

Mon auditoire est unanimement attentif, à l'exception du bouc, des brebis et des poulets. Après avoir demandé aux comptables de bien vouloir assurer la traduction, je me lance :

-   Chers passagers, chers clients, j'ai deux nouvelles à vous annoncer : une mauvaise et une bonne. Je commence par la mauvaise. Par suite des problèmes météorologiques que nous avons dû affronter, nous nous sommes un peu écartés de notre route et, à court de carburant, avons dû nous poser. La bonne nouvelle, que vous avez pu constater par vous-mêmes, est que grâce à l'habileté du commandant Grünewald et de moi-même, nous avons réussi brillamment un atterrissage périlleux.

Le chef des comptables traduit en arabe. Puis il me demande :

- Où sommes-nous ?
- Cette question est en cours d'investigation. A cause des radiations électromagnétiques de l'orage, nos appareils de navigation sont déréglés et parfaitement inutilisables : compas, boussole, gyroscope etc... et bien sûr la radio.
- Mais il n'y a pas eu d'orage, s'étonne le comptable adjoint ?
- Cher monsieur, vous n'ignorez sûrement pas que les ondes électromagnétiques se font sentir fort loin du lieu de l'orage, et que c'est alors qu'elles sont le plus redoutables !

Ne voulant pas monter qu'il l'ignore, le Toucouleur n'insiste pas. Il demande :

- Qu'allons-nous devenir ?
- J'y arrive. En survolant le site tout à l'heure, nous y avons constaté la présence d'un véhicule automobile. Mon collègue est justement en train de procéder à sa réquisition. Nous allons nous rendre à la ville la plus proche...

- Mais vous nous avez dit ne pas savoir où nous sommes ! s'étonne l'autre comptable.

Ils commencent à m'énerver, ces deux-là !

- C'est vrai. Mais, de même que tous les chemins mènent à Rome, toutes les pistes mènent en ville, c'est un dicton bien connu !...

Il y aura au moins le curé pour comprendre la finesse de ma déclaration. Les autres, ils sont plutôt du genre à se prosterner vers La Mecque que vers Rome. Je poursuis :

- … bref, là-bas, nous nous ferons connaître des autorités et nous reviendrons vous chercher au plus vite à bord d'un de ces puissants hélicoptères dont dispose l'aviation mal… euh mauritanienne.

Je me suis retenu à temps. J'allais dire que nous sommes au Mali !

- Un Sikorsky ?

Là, il commence à me gonfler sévèrement, le comptable !

- Un Sikorsky ? Et puis quoi, encore ? Cette camelote étasunienne ! Ah non, la République Populaire du Mal… Islamique de Mauritanie dispose de superbes Kamov-Ka-21 de fabrication soviétique… ne confondons pas, je vous en prie !

Je constate que je m'éloigne un peu du sujet. Mais, qu'on puisse comparer la production des ploutocrates capitalistes américains avec celle des valeureux travailleurs de la Patrie du Prolétariat, dépasse mon entendement.

Je trouve que mon petit discours a été très bon. Il est temps que j'en arrive à la péroraison.

- Vous allez descendre en bon ordre et demeurer au pied de l'appareil. Vous restez sous notre autorité. Je vous rappelle que selon toutes les lois internationales, le commandant est seul maître à bord... et à terre, en cas de naufrage !

Ça, c'est un peu nouveau, mais ça passe. Finalement, tout passe. Il suffit de le dire avec assurance.

Je les fais descendre de l'appareil et s'installer sous une aile. Je vois alors Werner, très agité, qui revient du hameau à grands pas.

Je regarde derrière lui et constate qu'il y a beaucoup de monde assemblé devant les maisons. Il faut dire que ce ne doit pas être souvent qu'ils ont droit à un spectacle d'acrobatie aérienne !

- Milos, je n'y arrive pas ! Je ne comprends rien à ce qu'ils disent ! Ils n'ont pas l'air content. Ils m'empêchent d'avancer vers la voiture... qu'est-ce que je fais ?

Il me pose la question en sortant son pistolet de sa poche. Je pense qu'il a une petite idée derrière la tête. Je ne vais quand même pas le laisser procéder à un massacre. Pas tout de suite, en tout cas. Un petit Oradour malien n'arrangerait pas forcément nos affaires. Avant de recourir à la guerre, il faut avoir épuisé tous les secours de la diplomatie, disait Clausewitz... à moins que ce ne soit Staline.

Je réfléchis. La situation est effectivement ennuyeuse.

- Ouais... nous n'avons plus d'interprète...

- Je vais appeler avec moi le grand comptable, s'écrie Werner, il doit parler peulh.

Il s'avance d'un pas. D'un geste décidé, je l'arrête à temps.

- Pas de ça ! Le vieux va lui raconter que c'est nous qui avons amené la voiture. Ça va lui mettre la puce à l'oreille.
- Tu crois ?... il a l'air con...
- Oui, mais il y a des limites ! Attends, je vais avec toi.

Je m'avance vers le village ; et toute notre petite troupe s'avance aussi de quelques pas. Ce que c'est que le mimétisme ! Werner se retourne alors brutalement et hurle :

- Stopp ! Rückwärts ! Schnell !

Pour mieux se faire comprendre, il dresse son P38 et tire un coup en l'air. Il est parfaitement bien compris. Nos passagers s'assoient sagement. « La peur du SS est le commencement de la sagesse », comme disait le maréchal Pétain ... si je ne me trompe ?...

Nous rejoignons les villageois. Le chef est entouré de trois ou quatre forts gaillards à la mine peu engageante, et munis de coupecoupes bien aiguisés. Il faut que je prenne les choses en main.

D'abord, je m'incline cérémonieusement devant le chef, les paumes ouvertes pour lui signifier que je ne suis pas armé. Je lui dis que nous allons lui payer son dû, et je lui explique que nous sommes conscients d'avoir un peu détérioré son champ et que nous en sommes profondément désolés. Nous allons dûment l'indemniser, sur le champ !... si j'ose dire.... J'ajoute qu'il serait bien aimable de me laisser récupérer le véhicule dont je lui avais confié la garde moyennant la confortable rétribution convenue.

Bien sûr, il ne comprend rien à ce que je lui dis !

J'essaie les quelques mots d'arabe que je connais : sans succès. Il me semble tout à fait inutile de réitérer mon intervention en serbo-croate…

… Alors, je décide d'adopter le langage des gestes.

Pour commencer, je sors la liasse de dix mille Francs qui lui avait été promise et la lui donne avec un grand sourire. Puis je fais un large mouvement du bras vers le champ que nous avons quelque peu labouré de nos pneus et, après avoir suspendu mon mouvement un instant de façon assez théâtrale, je sors une nouvelle liasse de dix mille Francs. Il prend les deux.

Il semble s'apaiser un peu et ses gardes du corps roulent des yeux ronds. Ils n'ont sûrement jamais vu autant d'argent !

Je montre alors l'avion du doigt et lui donne encore cinq mille pour frais de stationnement. Je ne sais pas s'il comprend, mais il prend.

J'explique du geste à deux des gaillards qu'il y a un colis à prendre dans l'avion et à porter à la voiture. Ils me regardent d'un air peu convaincu. Je leur donne un billet de mille à chacun. Ils le glissent dans leur pagne. Subitement, ils ont compris. Ils suivent Werner jusqu'à l'appareil.

Je me retourne alors vers le chef. Je porte l'index à mes lèvres en signe de silence. Puis je sors encore cinq mille de ma poche gauche et mon Tokarev de la droite. Je lui agite les deux sous les yeux. Ce doit être explicite car il prend les billets et hoche frénétiquement la tête en signe d'acquiescement.

Je m'avance alors vers la case où est stationné mon GAZ-69. Le vieux et l'un de ses gardes se précipitent pour ouvrir le panneau de palmes qui la fermait. J'entre dans la voiture, la sors du « garage » et vais la stationner sous le DC3.

Pendant que Werner fait charger la caisse à bord de l'auto, j'observe les passagers. Ils semblent bien calmes, comme résignés. Le coup de pistolet de Werner a dû les impressionner.

La femme donne quelques dattes à grignoter à ses petits. Les Beïdanes se prosternent vers La Mecque : ce doit être l'heure de la prière. Les deux comptables sont plongés dans un profond conciliabule : ils doivent penser qu'il y a anguille sous roche. Quant au Père Benoît, il est plongé dans son bréviaire.

Il n'y a que le bouc et une brebis qui dérogent au sage comportement général. Le bouc, avant de passer à l'action, tourne autour de la brebis. Il fait montre, de façon manifeste, de l'intérêt qu'il lui porte. Le Père Benoît jette à l'occasion un regard sournois à cette manifestation priapique et ostentatoire. Les curés du désert ont-ils pour les brebis un tropisme similaire à celui que l'on prête aux légionnaires pour les chèvres, me demandé-je ?

La brebis, quant à elle, semble prête à agréer volontiers les avances du bouc et le signifie par de doux bêlements enamourés. Le vol en altitude à dû libérer ses hormones : j'ai connu bien des hôtesses de l'air ayant été l'objet d'un tel phénomène !

Je détourne mon regard de ce spectacle charmant et bucolique, et m'adresse de nouveau à nos passagers.

- La haute direction de la MIFERMA nous a confié la responsabilité d'un colis que nous devons absolument, et de façon permanente, conserver sous notre garde…

Je montre la caisse que Werner et les deux Maliens transbordent de l'avion vers l'auto.

- … il nous est formellement interdit de nous en dessaisir quelles que soient les circonstances. C'est la procédure ! Nous ignorons tout de ce qui est dans cette caisse, mais tel le grand Mermoz, nous avons pour notre courrier un respect sacramentel !

Le comptable traduit. Tout le monde semble fort impressionné par la conscience professionnelle dont nous faisons montre… sauf le Père Benoît qui ne peut détacher les yeux du bouc et de la brebis… qui ne font désormais plus qu'un !

- … aussi, nous l'emmènerons avec nous dans notre opération de recherche de secours. Nous vous invitons à demeurer patiemment ici, à l'ombre bienfaitrice de l'aile de cet aéroplane. D'ici deux heures tout au plus, nous serons de retour et votre mésaventure ne sera plus qu'un souvenir.

Je trouve que j'ai très bien parlé. Finalement, j'aurais dû faire de la politique.

Avant de rejoindre Werner dans l'auto, je remonte à bord du DC3 pour en descendre nos deux grands sacs de voyage. Au passage, je tire un coup de pistolet dans la radio. On n'est jamais trop prudent.

Tout est en ordre.

Moyennant quelques dizaines de milliers de Francs - et la menace d'un mauvais coup de pistolet -, le chef du village est satisfait et veillera à ce que la discrétion soit de mise encore un moment.

Les passagers ne font pas montre - à part le bouc - d'esprit aventureux.

Je lance le moteur, passe la main par la fenêtre pour saluer tout ce beau monde. J'accompagne mon geste d'un grand - et un peu hypocrite - « à tout à l'heure !» Et j'embraie.

Nous prenons la piste en direction de l'est.

Il faut s'éloigner au plus vite. Nous avons repéré la route. C'est tout droit pendant une soixantaine de kilomètres jusqu'à Kayes où nous devrons traverser le fleuve Sénégal.

Il faut que ceci soit fait avant que l'alerte ne soit lancée.

Nous parcourons cinq kilomètres et nous arrêtons sur le bord de la piste. Nous sortons la boîte à outils et fixons nos nouvelles plaques d'immatriculation : de belles plaques vertes frappées de jaune-orangé, aux couleurs des véhicules du corps diplomatique.

Leur code d'identification est le 68, celui du Liberia. Il est en concordance avec la carte grise du véhicule et nos nouveaux et beaux passeports parfaitement authentiques !

Nous remontons dans la voiture. Il est onze heures et le soleil commence de taper sérieusement. Nous sortons deux sandwichs et deux bières et décidons de déjeuner en roulant. Nous n'avons pas de temps à perdre.

Mille kilomètres nous séparent de Monrovia. Ça semble peu, mais ce sont des kilomètres particulièrement malaisés au travers de la forêt guinéenne et des montagnes du Fouta-Djalon. Si nous voulons arriver à temps pour le réveillon de Noël, comme prévu, il nous faut nous hâter.

A l'arrière de l'AutoGAZ-69, nous avons tout ce qu'il nous faut pour réaliser ce périple : du matériel de réparation, des provisions, de l'essence, des jerricans d'eau filtrée et les deux fusils-mitrailleurs kalachnikov que j'ai échangés avec Vladimir, l'attaché d'ambassade de l'URSS, contre un carton de Chivas…

… Ah, j'allais oublier, nous avons aussi cinq cents millions de Francs CFA en petites coupures. Ça mérite d'être protégé.

11

MILOS

Samedi 21 décembre

Il est 12h30. Nous avons laissé notre DC3, nos passagers et Gabou depuis une petite heure. Nous approchons de Kayes.

Il me semble impossible qu'une alerte internationale ait déjà été lancée. Pour l'instant, on nous recherche dans le sable entre Nouakchott et Zouerate.

Ce n'est que dans l'après-midi, au plus tôt, que certains pourront éventuellement se poser des questions. Par exemple : quel étrange hasard que ce soit justement l'avion qui transportait des fonds qui ait disparu ! Certains esprits soupçonneux pourraient trouver ça louche.

Le seul risque immédiat pourrait venir du village de Gabou. Si l'avion a été repéré lors de sa descente, on peut avoir envoyé une équipe de la gendarmerie sur les lieux de l'atterrissage... mais quelle gendarmerie ?

Ce n'est pas par hasard que nous avons choisi le site de Gabou. Il est à la frontière de trois pays : la Mauritanie, le Sénégal et le Mali. Ça n'est pas fait pour faciliter l'enquête !

Il n'y a donc théoriquement aucun risque à traverser le fleuve Sénégal à cette heure-ci.

Malgré tout, j'ai une petite appréhension. Kayes est le seul point de traversée dans la région. C'est donc l'endroit idéal pour établir un barrage. Et puis, les autorités maliennes, qui se sont fortement rapprochées de la Chine communiste, ont des attitudes un peu paranoïaques. Lors de mon dernier séjour à Bamako, on m'a interdit de photographier le pont sur le Niger : secret stratégique ! Est-ce que la traversée de Kayes serait stratégique, elle aussi, et gardée en conséquence ?

Que ferons-nous en ce cas ? Serons-nous protégés par nos plaques et passeports diplomatiques ? C'est très incertain. Le Liberia a quand même une réputation assez « particulière », même dans les pays limitrophes.

Et si nous sommes fouillés ?... les kalachnikovs, la caisse de la MIFERMA !... Avoir fait tout ça pour croupir vingt ans dans une prison malienne ou mauritanienne ! Tout ça pour ça ! Je ne puis l'imaginer.

On apprend, en aviation, qu'un risque doit être estimé en fonction de deux critères majeurs : la probabilité de sa survenance et la gravité des conséquences éventuelles. Dans le cas présent, la probabilité est faible, mais les conséquences d'une éventuelle survenance, catastrophiques. Selon tous les manuels de procédure, une telle nature de risque ne doit pas être courue.

Je réfléchis intensément. Il nous faut trouver une solution alternative.

Nous nous dirigeons vers Kayes en remontant le cours du Fleuve. La vallée est encaissée entre de hautes collines. Il fait maintenant une chaleur torride, étouffante. Le thermomètre marque 44°C.

La petite ville n'est plus qu'à quelques centaines de mètres. Je me tourne vers mon compagnon :

- Qu'est-ce qu'on fait si on nous arrête pour nous contrôler ?
- Pan !

Werner est un homme assez direct. Ce n'est pas la moindre de ses qualités. J'objecte :

- Ce n'est pas si simple…

Il se penche derrière son siège et saisit les deux fusils d'assaut.

- Mais si ! On tire, on arrose, on passe en force, on s'engage sur le pont et on fonce. Blitzkrieg ! Comme le général Guderian en 40 !... Après, nous veillerons à ne prendre que des petites routes et à ne pas perdre de temps… mais la brousse est vaste.
- Non, Werner, ce n'est pas si simple que ça : à Kayes, il n'y a pas de pont. C'est un bac.
- Merde !

Effectivement, c'est plus compliqué. Il n'est pas simple de procéder à l'arraisonnement d'un bac fluvial.

Je ralentis pour nous laisser le temps de réfléchir. On ne peut en aucun cas courir le risque d'une interception. La traversée du fleuve Sénégal est le maillon faible de notre périple.

Je m'arrête. Nous sortons la carte, la posons sur le capot de la voiture et l'étudions attentivement. Nous décidons d'un plan B. Il n'est pas simple mais il n'y en a pas d'autre possible.

Si nous voyons que le bac est surveillé, nous faisons demi-tour illico, contournons la ville et poursuivons vers l'est sans franchir le fleuve Sénégal. Nous allons ainsi presque jusqu'à Bamako en remontant son cours et piquons alors au sud entre les fleuves Sénégal et Niger ; en direction de leurs sources. Ainsi, nous n'aurons pas à les traverser. Cette route rallonge de plus de deux cents kilomètres le voyage mais il n'y a pas d'autre solution.

Nous redémarrons et cinq minutes plus tard, nous sommes au bord du fleuve, devant le bac. Il n'y a aucun policier en vue.

Il n'y a aucun bachelier non plus !

Un gamin est assis dans le bac. Il rêvasse en grignotant une noix de kola.

Je descends et lui demande où se trouve l'opérateur. Par bonheur, le garçon parle un peu français. Ah, les bienfaits de la colonisation ! Il me répond que son frère - ils sont tous frères ! - se repose et qu'il a programmé une traversée vers seize heures. Je vois que Werner, qui m'a rejoint, est en ébullition et proche de l'explosion. Et ce n'est pas que la chaleur ambiante qui en est la cause. Il faut que je résolve le problème avant qu'il ne le traite à coups de Walther P38 !

- Ecoute, petit, dis-je en tendant au gamin un billet, voici 500 pour toi. Si tu me ramènes ton frère tout de suite… j'ai bien dit, « tout de suite », tu auras le même au retour et ton frère en aura dix comme ça ! Compris ?

Il comprend. Il se lève et se met à courir comme un lièvre vers la ville.

Dix minutes plus tard, nous sommes appuyés au bastingage du bac : au beau milieu du fleuve. Nous fumons paisiblement une cigarette et sirotons une canette de bière, toutes activités qui nous semblent particulièrement délectables.

- Tu sais, Werner, on médit souvent à tort sur l'indolence des Africains. Tout est question de motivation.
- Evidemment, si tu balances les billets de 5.000 à droite et à gauche !
- Wern ! Voyons !… cinq mille… cinq cents millions…

Ça le fait rire. Il est de bonne humeur, tout d'un coup.

Nous débarquons sur la rive gauche du fleuve.
Werner est au volant. Je m'occupe de la carte et de la boussole.
Il me regarde, serre le poing et s'écrie joyeux :
- Nach Monrovia ! Direkt !

*

C'est à la fin de novembre que nous nous sommes rendus à Monrovia pour préparer tout ça.

C'est que ça demande de l'organisation, de monter une telle affaire. Et nous, nous n'avons pas fait d'études de finances à Harvard, ni de stratégie à West Point !

C'est Greta qui a émis l'idée du Liberia. Avant de venir s'échouer à Nouakchott, elle a vécu quelques années à Monrovia. Si j'ai bien compris, elle faisait la pute dans un bordel de luxe. Maintenant, elle le fait au service exclusif d'un commandant de bord d'Air Mauritanie. C'est ça, la promotion sociale !

Bref, elle nous a parlé du Liberia, ce pays de cocagne où la seule loi est l'argent, et où les procès se règlent à coups de 9 mm. Et ça, ça nous causait - comme on dit - à Werner et à moi.

Le Liberia est un pays original. C'est le seul pays colonial où les colonialistes étaient noirs.

C'est en 1821 qu'à l'initiative d'une société philanthropique, l'*American Colonization Society*, des esclaves affranchis aux Etats-Unis furent renvoyés vers l'Afrique. On les installa sur une côte pas trop habitée. On appela leur pays Liberia (reconnu en 1847) et leur capitale Monrovia, en l'honneur du président des Etats-Unis James Monroe.

Comment ces colonisateurs d'un nouveau genre se conduisirent-ils ? Comme des colonialistes !

Depuis lors, le pays demeure conjointement sous la coupe des « Américano-Libériens » et de la Firestone Tire and Rubber Company. Les uns règnent sur la population, les autres sur les

plantations d'hévéas. Les « Américano-libériens »
vivent dans des palais et ne font rien, les
« indigènes » saignent les hévéas et récoltent le
caoutchouc.

Les gouvernants de ce pays – des Américano-
Libériens – favorisent les investissements étrangers
et s'engagent à protéger les investisseurs ;
moyennant 10% de commission : c'est raisonnable.

Nous avons donc pris, un samedi matin,
l'avion d'Air Mauritanie pour Dakar et, de là, la
correspondance Pan Am pour Monrovia.

Nous étions quatre : Werner, Greta, Charly
Fleury et moi.

Lorsque nous arrivâmes à Monrovia, nous
nous fîmes tout de suite conduire au siège de la
First National Bank of Liberia où nous fûmes reçus
par le directeur, monsieur John Tubman, un cousin
du président-dictateur du pays.

On parle anglais, au Liberia. Nous le parlons
tous, par obligation professionnelle. Que l'on soit
commandant de bord, banquier ou pute - ces deux
métiers-là, c'est un peu pareil !- on doit savoir
parler anglais.

-   Madame, messieurs, vous souhaitez donc
    investir dans notre beau pays. Soyez les
    bienvenus. Et quel montant prévoyez-vous de
    verser à votre compte en notre établissement ?
-   Cinq cents, monsieur le directeur.
-   Cinq cent mille dollars ?
-   Non. Cinq cents millions de Francs CFA.
-   Ah !... pas mal, en effet.

Monsieur Tubman semblait intéressé.
- Et quand prévoyez-vous le virement ?
- A la fin de cette année. Mais… en fait, nous n'envisageons pas un virement…
- Ah bon ?…

C'était Charly qui menait les opérations. Il est banquier et il a fait des études, lui.
- Je vais vous expliquer, monsieur le directeur. Mes amis et moi-même sommes associés dans une entreprise de … de transports de fonds, qui a fait de très bonnes affaires mais nous sommes accablés d'impôts ! Ah, le fisc mauritanien, vous savez ce qu'il en est !...
- Bien sûr, bien sûr… répondit monsieur Tubman qui, de toute évidence, n'en savait rien et s'en fichait parfaitement.

Charly poursuivit :
- … donc nos fonds sont en liquide. De beaux billets émis par la Banque Centrale des Etats de l'Afrique de l'Ouest… garantis par le Trésor français…
- Je vois, le coupa monsieur Tubman. Donc vous feriez un versement en liquide…
- Vous avez parfaitement compris, monsieur le directeur.
- Alors, ce sera 10% pour les frais… vous comprenez, il faut compter et trier tous ces billets… et puis les 10% de fiscalité au titre d'un investissement dans notre pays. Ainsi votre investissement sera parfaitement régulier et sécurisé. Notre établissement est reconnu et réputé pour son éthique… et sa discrétion.

Dix plus dix égale vingt pour cents de cinq cents...
il nous restera donc de net quatre cents millions,
calculai-je rapidement sur mon petit carnet... Nous
avions tablé sur un net de quatre cent vingt, mais ce
n'est quand même pas mal. J'étais d'avis d'accepter
tout de suite la transaction. Ce n'était pas l'opinion de
Charly : ces banquiers sont vraiment des
rapaces insatiables !

- Monsieur le directeur, dit-il, je m'étais livré à
  des petits calculs et j'avais pensé que si l'état
  libérien appliquait le principe du « Golden
  Hello » auquel il est tant attaché, et ce
  disons... à hauteur de 15% de la fiscalité
  normale, par exemple, et que votre honorable
  établissement fît un geste commercial
  consistant en un *discount* de même hauteur,
  nous approcherions le montant de dépôt net
  que nous envisagions... au vu des
  informations que nous avons recueillies sur le
  marché bancaire de la place...

Qu'est-ce que ça voulait dire, ce charabia ? Je vis
monsieur Tubman griffonner quelques chiffres sur un
bloc, puis les considérer d'un air pensif. Il releva alors
la tête et dit :

- Nous sommes très honorés que vous ayez
  choisi de venir chez nous et nous tenons à
  bénéficier de votre clientèle, cher monsieur,
  aussi je vous donne notre accord... il vous
  reviendra donc en net la somme de... quatre
  cent quinze millions de Francs CFA, soit
  environ, au cours du jour, un million huit cent
  mille dollars américains.

Charly, après nous avoir consultés du regard, donna accord. Le directeur reprit :
-   Peut-être avez-vous omis de prendre vos passeports avec vous ?...

Nous hochâmes la tête de façon approbative.
-   Oui, justement ! C'est idiot… nous les avons oubliés … enfin, on nous les a volés à notre arrivée…

C'était ce que nous avions prévu de dire mais, quand Werner énonça ceci, je pensai que c'était un peu gros. Et que monsieur le directeur pourrait ne pas saisir la balle au bond. Eh bien non. Rien n'est trop gros, au Liberia !
-   C'est fréquent… ce n'est pas grave. Eh bien, vous pouvez aller voir de ma part mon cousin James Tolbert qui arrange ces petites tracasseries administratives à un tarif tout à fait raisonnable. Voici sa carte. Vous reviendrez me voir quand ceci sera réglé et nous procéderons alors aux formalités d'ouverture de compte.

En début d'après-midi nous revenions voir monsieur Tubman, munis de beaux et authentiques passeports libériens.

Nous sommes restés deux jours à Monrovia. La ville est aussi sale et mal entretenue que la plupart des autres capitales africaines, mais elle grouille d'activité.

Nous avons circulé sur le bord de mer, dans le secteur de Mamba Point. C'est le quartier chic de Monrovia, une sorte de petite Riviera africaine. Monsieur Tubman, qui est un peu agent immobilier à ses moments perdus, nous avait indiqué l'adresse de certains commerces qui étaient à vendre et où nous pourrions investir en toute sécurité une partie de nos fonds : des hôtels, des restaurants et des night-clubs. Greta, qui connait bien le milieu et l'environnement, nous avait guidés et conseillés.

Nous jetâmes notre dévolu sur le King Mangala, situé sur la corniche, avec terrasse sur l'océan. Cet établissement de qualité fait restaurant, bar, *lounge* et casino. On y loue aussi des chambres confortables à la nuit ; et même à l'heure.

Je compris que Greta y avait jadis exercé comme « hôtesse. » Elle ne pouvait dissimuler la satisfaction qui serait la sienne d'y faire son retour comme patronne…

Cet investissement n'était, dans notre esprit, que la première pierre de l'édifice commercial et financier que nous avions prévu de bâtir au Liberia. Un pays où tout se négocie - les impôts, l'éthique, le droit, les passeports et même la vie humaine - ne pouvait qu'être une source d'infinies espérances pour les futurs *businessmen* que nous étions.

Lorsque nous reprîmes, le lundi, le vol de la Pan Am pour Dakar, nous étions pleins de confiance et d'enthousiasme.

Il ne nous restait plus qu'à « débloquer » les fonds.

*

Il est dix-huit heures. La nuit ne va pas tarder à tomber.

A cette heure-ci, l'alerte a dû être lancée. La gendarmerie malienne aura été prévenue de notre atterrissage original et aura dépêché une équipe dans une voiture ou un hélicoptère à Gabou.

Deux tâches se présenteront alors à elle.

La première sera de contacter la police mauritanienne pour l'informer que l'avion immatriculé 5C-300 aura été retrouvé. Ça prendra un certain temps. Les communications ne sont pas simples entre la République Islamique de Mauritanie et la République Populaire du Mali. Le gouvernement du lieutenant Moussa Traoré n'est en place que depuis un mois, à la suite du coup d'état ayant renversé en novembre l'ancien Président Modibo Keïta. Les lourdeurs administratives découlant immanquablement de cette situation avaient compté dans notre choix d'atterrir au Mali.

La seconde tâche sera de se mettre à notre poursuite. Il faudra d'abord retrouver notre trace. Demain, ils fouilleront ici et là autour de Gabou et tomberont sur le bachelier de Kayes. Mais alors, nous serons déjà en Guinée-Conakry.

La Guinée du Président Sékou Touré a une grande proximité avec l'URSS quand le Mali est proche de la Chine communiste et la Mauritanie des Etats-Unis. Tout ça est favorable à notre voyage.

Nous venons de traverser le village de Guénégoré et nous roulons sous les imposantes falaises de la colline de Dabia. Depuis Gabou, nous n'avons parcouru que quelque deux cent cinquante kilomètres en sept heures ! Nous devons faire attention à ne pas nous perdre. Nous nous arrêtons régulièrement pour étudier les cartes et faire le point avec boussole et sextant. Ça sert, d'avoir appris la navigation.

Depuis notre départ de ce matin, la savane a remplacé le désert. Il y a des grandes étendues herbeuses parsemées de gros et massifs baobabs, et de hauts et fins fromagers.

Pour éviter autant que possible les agglomérations, nous zigzaguons un peu. Nous devons passer d'une piste à une autre en suivant des sentiers de chèvres.

Nous devons aussi traverser des oueds à sec. Ce qui impose de passer à la vitesse d'un homme au pas et, parfois d'attacher un câble à un rocher pour monter une pente abrupte à l'aide du treuil fixé à l'avant de mon AutoGAZ.

Tout à l'heure, nous avons rencontré un oued en eau, une sorte de rivière-marigot. C'était Werner qui conduisait. Il me dit :

- Passe devant à pied. Comme ça on verra si le niveau d'eau nous permet de traverser.
- Eh là ! Ça doit être plein de crocos, ici…
- Prends une Kalachnikov !
- On peut percer les crocos, avec ça ? lui demandai-je inquiet.
- J'sais pas ! C'est un moyen de le savoir…

Je n'aime pas quand Werner s'essaie à l'humour… mais peut-être n'était-ce pas de l'humour ?

Quoiqu'il en soit, il n'y avait pas de crocodiles. Et l'on pouvait traverser avec la voiture. Quand je suis remonté dans la voiture, de l'autre côté de l'oued, j'étais soulagé mais de mauvaise humeur.

Ce voyage n'est pas simple mais nous n'avions pas le choix. Il n'aurait pas été très discret d'atterrir à Monrovia avec le DC3. Et nous ne pouvions décemment pas enregistrer notre caisse de soixante-dix kilos, dûment cerclée et scellée, sur un vol régulier de la Pan Am ! Une pensée me remit alors les esprits en place :
- Tu sais, Werner, quand je pense à Charly qui va nous rejoindre tout tranquillement en avion, je me dis qu'il a bien de la chance !

Et j'éclate de rire. Werner partage mon hilarité. Ça me fait tellement rire que je me tape sur les cuisses. Werner aussi, et il récupère de justesse d'un coup de volant la voiture qui s'échappait dangereusement de la piste.
- Arrête, me dit Werner. Ça me fait mal au ventre de rire comme ça !

Greta doit nous rejoindre à Monrovia lundi 23 par l'avion de Dakar, et Charly mardi : pour le réveillon de Noël. Ils vont être accueillis comme il se doit !

Greta va être reçue chaleureusement par Werner. Il ne peut pas s'en passer, de sa bonne femme ! Il faut reconnaître qu'elle nous a été bien utile, jusqu'ici. Et puis, pour tenir un bordel, c'est quand même une ancienne pute qui est le mieux placée !

Jeanne-Marie n'est pas du voyage. Je commence sérieusement à m'en lasser et, comme disait ma grand-mère, « changement de pâture réjouit les veaux ! ». A Monrovia, ce ne sont pas les femmes qui manquent ; surtout quand on a de l'argent. En cas de besoin, je pourrai toujours me servir dans le cheptel de la maison ! Alors je lui ai dit que je faisais un saut à Monrovia pour passer un certificat afin de pouvoir voler sur Tupolev : Air Mauritanie va s'en équiper… Ce qui est bien, avec Jeanne-Marie, c'est qu'on peut lui raconter n'importe quoi. Elle gobe tout. La preuve, les curés lui avaient dit de se faire bonne-sœur pour aller au paradis!

Nous roulons encore un peu dans la lumière déclinante du jour. Werner me demande justement :

- Jeanne-Marie, qu'est-ce que ça va lui faire, quand elle va savoir que tu t'es tiré ?

- Ça va lui faire bizarre, sans doute…

- Comment va-t-elle réagir ?

- J'sais pas… elle va peut-être se refaire bonne-sœur !...

Werner éclate d'un rire si intense qu'il manque de nouveau de nous faire verser dans le fossé. Un rien l'amuse. C'est une bonne nature, finalement. Il reprend :

- Elle va peut-être faire la tronche, mais pas autant que le Charly !

- Ah ! le Charly ! Putain !... La seule chose qui m'attriste, c'est qu'on ne la verra pas, sa tronche !...

*

Avant que nous n'allions à Monrovia tous les quatre, nous nous y étions déjà rendus quinze jours plus tôt, Werner, sa Greta et moi : pour préparer le terrain.

Nous l'avions bien préparé - et en toute discrétion - auprès de monsieur Tubman le banquier, et auprès de monsieur Tolbert, l'artiste spécialisé en fabrications de vrais-faux passeports.

Alors, si les trois passeports dont Greta, Werner et moi-même disposons sont authentiquement authentiques, celui de Charly est authentiquement et grossièrement faux. Et comme, en tant que nouveaux citoyens libériens responsables, nous sommes conscients de nos devoirs civiques, nous avons veillé à bien faire savoir ceci aux services de l'immigration chez qui Greta avait des accointances.

Ensuite, après le voyage que nous avions fait à Monrovia avec Charly, nous avions transféré à notre bénéfice par un télex envoyé de Nouakchott les parts sociales dont il était propriétaire dans *Mangala Investments*. Cette opération, qui avait été prévue lors de notre première visite, a été actée devant notaire (un cousin de monsieur Tubman) ; hors notre présence physique, bien sûr. Le bordereau de transfert porte sa signature : fausse, bien entendu, mais dûment authentifiée. Ah oui, le Liberia est vraiment un pays de cocagne ! Tout ça nous a coûté à tous deux quelques faux frais. Mais on n'a rien sans rien, n'est-ce pas ?

Et puis, c'est une question de morale ; d'éthique, même.

Pourquoi aurait-il bénéficié d'une part, Charly ?

Il est vrai que c'est lui qui nous a donné l'idée de l'opération. C'était un soir au Club, sous la paillotte rose :

-   Je connais l'histoire d'un convoyeur de fonds de Vesoul, nous dit-il comme ça… Un jour, il n'a pas livré sa sacoche et il l'a rapportée chez lui.
-   Pourquoi tu nous dis ça ?
-   Vous aussi, vous transportez des fonds, une fois tous les deux mois.

Où voulait-il en venir ? J'échangeai un regard avec Werner. Je croyais comprendre.

-   Et qu'est-il devenu, ton convoyeur de fonds franc-comtois ?
-   Il s'est fait gauler… parce qu'il était con ! Deux fois con…
-   Raconte !...
-   Il avait volé une sacoche avec peu d'argent ; et il était rentré chez lui…

Ce coup-là, nous avions compris. Ce qu'il fallait faire, c'était le gros coup : voler beaucoup d'argent ; et disparaître.

Nous travaillâmes les détails. C'était jouable. C'était même pratiquement gagné d'avance. C'est Werner qui eut, grâce à Greta, l'idée du lieu de repli : Monrovia. Werner et moi, nous allions faire le coup de notre vie. L'affaire était prévue pour décembre, lors de la livraison avec treizième mois.

Charly, sournois comme le sont les banquiers, nous dit alors :

- Bien sûr, nous allons boucler tout ça préalablement ensemble à Monrovia. Sinon, je n'ai qu'à dire un mot à Mouammar ould Rassaoui, votre patron, et ce n'est pas vous qui volerez sur Zouerate le 21 décembre…

Il se permettait des menaces envers nous ! Comme qui dirait une sorte de chantage ! Comme si nous aurions été capables de vouloir le doubler ! Des personnes de notre moralité !

Ce manque de confiance nous fit mal, à Werner et à moi. C'est pourquoi nous fîmes cette juste et légitime opération préalable afin d'éliminer de notre association une personne ayant aussi peu le sens de l'éthique.

Et puis… qu'a-t-il fait, dans tout ceci, Charly ? Ce n'est pas lui qui a piloté l'avion. Ce n'est pas lui qui a atterri sur un champ de sorgho entre deux baobabs. Ce n'est pas lui qui a géré dix naufragés affolés et un bouc en rut. Ce n'est pas lui qui se tape mille kilomètres de voiture à travers la brousse et tous ses dangers. Ce n'est pas lui qui traverse à pied un marigot infesté de crocodiles !… alors ?

Alors, il a juste apporté une idée. Comme si on pouvait breveter une idée et en recevoir des redevances au titre de je ne sais quel copyright !

Et à quoi nous aurait-il servi, au King Mangala, le Charly ? C'est lui qui aurait fait la police des jeux ? C'est lui qui aurait surveillé les mères-maquerelles du bocson ? C'est lui qui aurait assuré la sécurité de l'établissement ? Il faut être « un homme », pour ça. Il faut savoir jouer du flingue ! Alors ?...

… Alors, justice est faite : c'est tout !

Quand il atterrira à Monrovia mardi, il sera tout de suite intercepté. Avant d'être expulsé, il sera bouclé pour quelque temps au fond d'une geôle de Monrovia pour usage de faux passeport. C'est juste : c'est un voleur ! Il a volé l'argent de sa banque.

Il ne pourra rien contre nous. Il aggraverait son cas : nous avons toutes les preuves de sa complicité !

Nous, nous sommes trois honnêtes citoyens libériens, munis de tous les documents officiels les plus authentiques et des protections les plus sérieuses. Ces protections sont assurées par les plus hautes personnalités de l'Etat. Elle en avait fréquenté, du beau monde, au King Mangala, Greta, du temps de sa splendeur ! Les fréquentations horizontales sont souvent les plus efficaces, c'est bien connu.

*

Tu as raison, mon pote, c'est dommage qu'on ne voie pas sa tronche quand il se fera gauler, mais on s'en remettra !

-       Oui, un million huit cent mille dollars à se partager à deux, ça nous aidera à nous en remettre !

Nous rions, encore et toujours. Nous faisons peut-être preuve d'un peu d'autosatisfaction, mais ça en vaut la peine. Niquer ainsi un jeune blanc-bec sorti des écoles... qu'est-ce qu'il a fait, déjà plus ?... Ah oui, Sup de Co ! Eh ben, ils sont forts, dans cette école !

Oui, un million huit cent mille à se partager à deux, c'est bien...   mais plus ça va, plus ça m'agace de devoir partager avec Werner.

Werner, c'est souvent mon équipier en vol, c'est vrai. Je bois des coups avec lui au Club, c'est vrai. Mais, à part ça, qu'avons-nous en commun ? Certes, je ne lui en veux pas d'avoir fait la guerre contre nous, bien sûr. Il n'avait pas le choix. Mais c'est quand même un salopard de fasciste : un nazi. Tant que nous n'étions que collègues aviateurs, ou camarades occasionnels de beuveries, ça allait encore. Mais nous sommes désormais associés. Ça me pose problème.

Ça me pose un problème éthique, mais ça me fait surtout de plus en plus peur. Je n'y avais pas songé jusqu'ici, mais depuis cet après-midi des idées noires obscurcissent petit à petit mon esprit. Je me sens confusément menacé par mon collègue.

C'est la traversée du marigot qui a servi de révélateur. J'ai eu l'impression que si je me faisais attaquer par un crocodile, il en prendrait son parti. Je vois peut-être le mal partout, mais j'ai des doutes.

Et sa Greta, son « Eva Braun », c'est elle qui a tout organisé de notre solution de repli. Et c'est elle qui, par ses relations à Monrovia, a manigancé pour éliminer Charly. Ont-ils l'intention de s'arrêter en si bon chemin ? Qui sera le prochain sur leur liste ? … Je ne puis m'ôter cette question de l'esprit.

Dans deux jours, nous serons tous les trois réunis à Monrovia. Et alors, ils n'auront plus besoin de moi…

… Je me rappelle la stratégie d'Hitler en 41, Hitler à qui notre bon petit Père des Peuples, le camarade Joseph, faisait loyalement confiance. Et ce traître d'Autrichien nous attaqua sournoisement et brutalement le 21 juin : « opération Barbarossa ».

Quand donc a-t-il prévu son opération Barbarossa, Werner ?

Est-il loyal ou prêt à me trahir ? Je ne sais pas exactement mais le risque est trop grave pour que je l'assume. Il faut absolument que j'agisse le premier. Mais quand ? Et comment ?

*

Il commence à faire bien sombre.

Nous sommes près du point de rencontre des frontières du Mali, du Sénégal et de la Guinée-Conakry. Nous regardons sur la carte : il n'y a pas de village à moins de cinq kilomètres. Nous décidons d'installer notre bivouac pour la nuit.

Comme nous sommes deux et que nous prendrons des quarts de veille à tour de rôle, nous n'avons pas besoin d'installer de lit ni de dresser la tente dehors. Nous placerons le matelas pneumatique à l'arrière du 4x4 et y dormirons chacun son tour.

Nous dînons rapidement.

Werner prend le premier quart de veille. Il saisit un fusil-mitrailleur Kalachnikov, un thermos de café et un paquet de cigarettes, et monte s'asseoir sur le toit de l'AutoGAZ-69, les pieds reposant sur le capot.

Je m'insinue sous la bâche de la voiture, vers mon matelas. Je pense ne rien risquer ce soir. Il a besoin de moi pour la suite du voyage. Et moi de même. Je garde néanmoins le fusil-mitrailleur à portée de main.

Dormons. Nous réfléchirons à ceci lorsque nous approcherons de Monrovia.

Alors que je vais m'assoupir, il m'interpelle :

-     Milos, ne pense pas à Jeanne-Marie, ça va te faire pleurer !

-     Je ne penserai pas non plus à Charly : ça me ferait trop rire !

Je m'endors.

12

WERNER

Lundi 23 décembre

Je suis assis sur le toit de la camionnette soviétique pour la troisième nuit consécutive.

J'ai mon fusil d'assaut Kalachnikov posé sur mes genoux et un thermos de café à côté de moi. Milos et moi sommes convenus qu'il valait mieux ne pas boire de bière durant nos tours de garde.

Je me demande s'il est bien nécessaire de perdre ainsi de notre temps de sommeil. Les deux dernières nuits, nous n'avons jamais été importunés. Hier, j'ai seulement entendu, pendant une demi-heure, ricaner une hyène. Je pense qu'elle se fichait de nous et de nos précautions ! Enfin, demain, tout sera fini et je dormirai dans un lit douillet du King Mangala ; avec Greta à mes côtés…

Ce soir, c'est moi qui ai commencé la garde. Milos s'est couché à vingt heures et prendra la relève à une heure et demie. Comme ça, nous serons tous deux à peu près en forme au lever du jour, à sept heures. Ça nous fait des nuits un peu courtes mais nous sommeillons à tour de rôle dans la journée, quand le coéquipier conduit.

C'est donc notre dernière nuit de voyage.

Hier, nous avons traversé les montagnes du Fouta-Djalon. Les pistes sont épouvantables. Par moments, elles étaient coupées par des arbres tombés en travers. Par bonheur, nous avions prévu d'emporter une tronçonneuse, et nous devions nous livrer à des opérations de bûcheronnage ! Hier soir, nous avons bivouaqué dans le secteur de Mamou, à près de mille mètres d'altitude. Il faisait presque frais.

Ce soir, notre bivouac est situé en Sierra-Leone, juste avant la frontière du Liberia. Il nous reste cent-quarante kilomètres à parcourir, dont les derniers quatre-vingt dix sur une route asphaltée. Nous sommes près du but.

Nous avons décidé de partir dès six heures, un peu avant le lever du jour. Nous serons ainsi demain vers neuf ou dix heures à Monrovia. Heureusement ! Je commence à en avoir par-dessus la tête, de ce voyage !

J'ai deux compagnons de route.

Le premier, Milos, commence à m'énerver sérieusement. Quand nous volons ensemble, c'est moi le commandant de bord. Ici, au prétexte que la charrette soviétique qui nous transporte est à lui, il joue les chefs. « Fais ceci !.. », « Fais pas cela !... » J'ai de plus en plus de mal à le supporter.

J'ai d'autant plus de mal à le supporter que je pense sans cesse qu'il va falloir que nous fassions parts à deux. A quoi va-t-il me servir, à Monrovia ? On ne parle pas serbo-croate, là-bas ! Et les anciens des Komsomols ne sont pas très bien vus au pays du capitalisme dérégulé et décomplexé.

C'est Greta, qui a tout prévu, qui a pris les contacts, qui a fait jouer ses relations. Si nous sommes devenus Libériens, c'est grâce à elle et c'est elle qui nous a acquis nos indispensables protections grâce aux liens d'amitié qu'elle a noués avec monsieur James Green, le ministre de la police. C'est elle qui s'est arrangée avec ses accointances locales pour que Charly se fasse alpaguer demain dès sa descente d'avion ; et qu'ainsi, nous n'ayons pas à partager en trois avec lui.

A quoi a-t-il servi, Milos ? A piloter avec moi jusqu'à Gabou puis à partager le volant durant ces trois jours… J'aurais dû convenir d'un salaire avec lui pour ce travail. Ça ne mérite ni ne justifie en aucun cas une position d'associé.

Greta et moi avons réussi à éliminer Charly… devrai-je conserver Milos ? J'en doute de plus en plus… mais comment faire ?...

Par bonheur, j'ai un second compagnon de route … une jolie caisse en bois blanc d'environ soixante-dix kilos, cerclée d'un bel acier inoxydable brillant à la lumière, et joliment agrémentée de petits sceaux de cire rouge. Je la trouve si belle, si délicieusement désirable, cette caisse, que je n'ai aucune envie de la partager… je dois devenir jaloux…

Je bois une tasse de café. Je regarde ma montre au cadran luminescent: il est 23h30. Encore deux heures à patienter avant la relève.

Il fait chaud et humide. Très chaud et très humide. Ma chemise est trempée. En Mauritanie, il fait frais la nuit, parfois froid. Ici, la température ne baisse pas. Bah, on s'habituera. Et le King Mangala est bien climatisé.

C'est une nuit de pleine lune mais on ne voit pas la lune. Elle est cachée par une épaisse couche de nuages.

J'allume une cigarette et je fume en essayant de garder l'esprit éveillé.

Je repense à ces trois derniers jours.

*

Tout s'est à peu près bien passé, finalement. Comme prévu.

Jusqu'au-dessus de Kaédi, le vol s'est passé normalement. C'est là que Milos a commencé à s'affoler. Ah !... quand nous avions fait la reconnaissance en voiture à Gabou, il faisait le fier : « ... pas de problème... le champ est large, et plat... tu vois, tu vises entre les deux baobabs, là-bas et c'est dans la poche... etc... »

C'était facile à dire pour lui. Ce n'est pas lui qui allait le faire, l'atterrissage. Il nous avait déjà plantés une fois dans le désert avec un DC3, ça suffisait comme ça.

Dans la manœuvre d'approche, il paniquait complètement. Il se croyait utile à m'annoncer les altitudes. A quoi cela me servait-il ? J'ai de bons yeux et je sais me poser à vue. Il a dû quand même reconnaitre, quand nous nous sommes immobilisés, que j'avais fait du bon travail. Ça a dû lui racler la gorge de me le dire !

Après, il a fait son cinéma avec les passagers ; tout un discours auxquels ils ne comprenaient rien. Quel con ! Tout ça pour leur signifier de sortir et de se tenir coi. Si ça avait été moi, ça aurait été plus simple : « Raus ! Schnell !». Le tout agrémenté de deux ou trois coups de pistolet tirés juste au-dessus des oreilles. Ça, c'est le genre de discours que tout le monde comprend.

Après, tout aurait été bien s'il n'avait pas pris la direction de l'expédition au prétexte que la voiture était à lui.

Je l'aimais bien, Milos, pourtant. Mais, quand nous faisions équipe sur un vol d'Air Mauritanie, ça ne durait jamais plus de deux ou trois heures. Et puis, le soir, au Club, nous partagions la compagnie de bonnes petites bouteilles de bière. Ça ne prête pas à conséquence, ça. Mais, trois jours entiers avec lui !...

… et puis l'idée de partager… oui, c'est surtout ça, l'idée de partager…

On a roulé, durant ces trois jours !

Il est bien loin maintenant, le désert. La savane aussi est loin. Nous avons traversé la forêt humide de Guinée et de Sierra-Leone par les monts du Fouta-Djalon.

Le massif du Fouta-Djalon, c'est là que les deux plus grands fleuves d'Afrique de l'ouest prennent leur source : le Sénégal en Guinée, et le Niger en Sierra-Leone. C'est dire qu'il tombe de l'eau, dans cette région !

Nous avons donc roulé toute la journée d'hier sous des averses qui ralentissaient notre cheminement.

Nous avons dû traverser quatre rivières, au cours du voyage. Toujours sur un bac. Ça prend du temps, mais avec quelques billets, les choses s'accélèrent raisonnablement. Nous nous étions munis de Francs guinéens, de Leones et de dollars américains.

Tant que nous avons roulé au Mali et en Guinée, nous avons évité, autant que faire se peut, de traverser des agglomérations ; par souci de discrétion. Depuis que nous descendons en Sierra-Leone le long de la frontière du Liberia, nous y prenons moins garde. Le temps qu'une information remonte de Sierra-Leone en Mauritanie, nous serons arrivés depuis longtemps.

Ce soir, nous nous sommes arrêtés pas très loin du village de Kenema, à une trentaine de kilomètres de la rivière qui fait frontière entre la Sierra-Leone et le Liberia. Nous la franchirons demain à l'aube : il y a un pont !

*

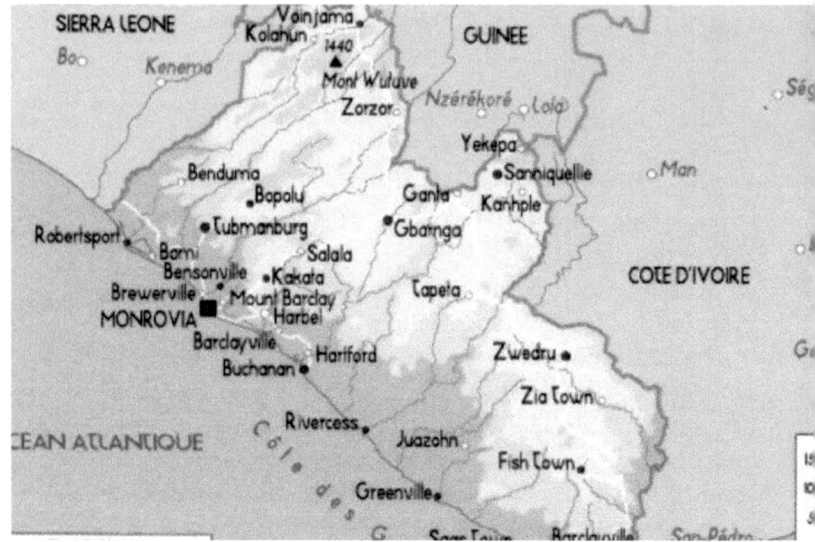

J'ai tendance à m'assoupir un peu. Minuit et demie : encore une heure avant de réveiller Milos pour qu'il me remplace.

J'écoute le bruit de la forêt. Des singes crient au loin. Qu'est-ce qu'ils ont besoin de crier, ceux-là ? Ils ne peuvent pas dormir comme tout le monde ?

Il y a les chauves-souris qui passent en formation. J'ai bien enfoncé sur ma tête mon chapeau de brousse. Je n'ai aucune envie d'avoir l'un de ces rats volants pris dans mes cheveux.

J'entends aussi un glissement, pas très loin. Probablement une hyène ou un phacochère… la lune

164

apparait soudain entre deux nuages, et je vois...
Putain ! Des hommes !

Les nuages ont repris leur place. Nous sommes de nouveau plongés dans l'obscurité. Je n'ai pas eu le temps de compter les silhouettes que j'ai entraperçues : cinq ou six. Il me semble avoir vu des fusils.

Je saisis ma Kalachnikov et saute de la voiture pour me mettre à l'abri. La lune réapparait un instant entre deux nuages. Je les vois. Ils me voient. Un homme tire ; et un autre. J'entends le sifflement des balles à mon oreille. Ce n'est pas passé loin. J'envoie une rafale : courte, je ne veux pas user trop vite mes munitions. Je n'ai que trente cartouches dans le chargeur et je perdrais trop de temps à recharger.

J'entends Milos qui sort comme un fou de l'arrière de la voiture, son fusil-mitrailleur en main.

- Que se passe-t-il ?
- Des coupeurs de route ! une demi-douzaine... devant !...

Milos allume sa lampe torche, la pose sur le toit près de lui pour éclairer la scène, la dirige vers les agresseurs et tire. Ça fait clic ! Il a oublié de retirer la sécurité. Quel con !... Quel double con : la lampe et la sécurité !... Notre ami d'en face, lui, n'oublie pas de tirer en direction de la lampe. Milos pousse un cri et tombe en arrière.

Cette fois-ci, j'arrose. Je vide le chargeur puis saisis le fusil d'assaut de Milos, l'arme, et tire de nouveau.

Nos visiteurs nocturnes partent en courant... sauf un qui se roule au sol en gémissant et un autre qui ne dira plus jamais rien.

« Game over ! »

Le fusil-mitrailleur bien en main, je vais vers les agresseurs. D'une balle bien ajustée, je commence par abréger les souffrances de celui qui est blessé. Puis je prends son arme, un fusil à pompe Winchester.

Je reviens vers Milos qui est à terre en se tenant l'épaule. Je l'éclaire avec la lampe-torche. Il geint et me demande de lui faire un garrot. Il semble sérieusement touché. Sa chemise est bien rouge autour de l'épaule.

- T'inquiète pas… c'est pas grave. Je m'occupe de toi !

Je me penche sur lui, en tenant la Winchester sous le bras. Et je tire.

J'essuie la crosse de la Winchester et place la carabine à côté de notre agresseur. J'essuie de même la Kalachnikov de Milos et la lui glisse dans la main. Puis, je plonge dans sa poche et en retire son passeport libérien. Pas la peine de provoquer des interrogations malsaines chez les enquêteurs.

Je reprends ma place au volant et je démarre… Il va me falloir rouler de nuit !...

13

WERNER

Mardi 24 décembre

J'ai dû attendre pendant quatre heures dans la voiture pour passer la frontière. Elle n'ouvre qu'à six heures.

Je n'avais pas le choix : le pont était barré par des chevaux de frise et deux hommes armés sommeillaient dans une guérite au milieu. Je n'allais pas passer en force. Pour entrer dans mon nouveau pays, ça n'aurait pas été très judicieux. Et il n'y a pas d'autre pont sur la rivière Mano qui fait frontière.

Je traversai à six heures. Avec mon beau passeport libérien, je n'eus pas de problème.

Ceux de nos agresseurs qui ont pu s'en tirer ne seront pas allés s'en vanter aux autorités. Et si des villageois ont découvert les deux victimes, l'information ne sera pas parvenue jusqu'au poste

167

frontière. Il faut du temps pour que les nouvelles parcourent trente kilomètres, en Sierra-Leone.

Je souris, en pensant à cette nuit. Ils étaient au moins six et je les ai mis en déroute à moi tout seul. Finalement, le matériel soviétique n'est pas si mauvais. La Kalachnikov est efficace. Je dois reconnaître que ça vaut bien mon cher Maschinenpistole-38, ce pistolet-mitrailleur qui me tenait fidèlement compagnie dans le cockpit de mon Messerschmitt.

Que pensera-t-on quand on découvrira trois corps au milieu de la forêt ? D'abord, les policiers sierra-léonais se diront qu'il y a eu une embrouille entre un aventurier européen et des villageois. Ils constateront que l'aventurier n'a pas de papiers sur lui : étrange… Puis ils penseront que l'aventurier n'est sans doute pas venu à pied, et ils trouveront les traces de la voiture. Ensuite, dans quelques jours, on fera le rapprochement entre l'aventurier et monsieur Milos Milutinovitch, le voleur de l'argent de la MIFERMA.

On cherchera à retracer la voiture, une AutoGAZ-69, dont le passage aura été enregistré à la frontière. On constatera que cette voiture est de même modèle que celle du défunt monsieur Milutinovitch ; et qu'elle porte une immatriculation au nom de Mr Miles Miluty, diplomate libérien. On transmettra l'avis de recherche au Liberia et aux pays avoisinants. On demandera aussi de rechercher un certain monsieur Werner Grünewald dont tout laisse à penser qu'il a quelque chose à voir avec ce hold-up de haut vol, et qu'il pourrait bien être le conducteur actuel de l'AutoGAZ.

Et quand les autorités du Liberia se saisiront de l'affaire, la voiture de monsieur Milutinovitch-Miluty aura depuis longtemps changé de propriétaire, et monsieur Grünewald ne pourra pas être retrouvé ; pour la bonne raison qu'il n'existe plus.

Et qui irait faire le rapprochement avec l'honorable monsieur Walter Greenwood, citoyen libérien, propriétaire exploitant de l'hôtel King Mangala, époux de madame Margarita Greenwood qui est une amie personnelle du ministre de la police ?

Je suis maintenant sur la route nationale goudronnée qui mène à la capitale.

Je pense à Milos. Depuis trois jours, je me demandais comment l'écarter de mon chemin et les circonstances s'en sont chargé pour moi... les circonstances et ce brave coupeur de route présomptueux, il est vrai. J'ai un peu terminé le travail aussi, il me faut le reconnaître. Mais comment faire autrement ? Passer la frontière avec un blessé, le ramener jusqu'à Monrovia, aller à l'hôpital, remplir des formalités, répondre à des questions, donner des explications... No way !

Et puis, il ne l'a pas volé, non plus ! Quelle idée d'allumer sa lampe ! Il se croyait peut-être en 42 aux commandes de son YAK soviétique en train d'aligner un avion allemand ? Il n'a jamais dû faire de combat au sol, Milos, surtout de combat de nuit. Ses histoires de Partisans en Herzégovine, c'est du bidon !... Ou bien, il était encore à moitié endormi ? Il sortait brusquement d'un profond sommeil...

De toute façon, il était dans un sale état. Une balle dans l'épaule, c'est grave, très grave… la gangrène peut s'installer très vite… et les infections : avec toutes ces petites bêtes malfaisantes, ces bactéries sournoises qui trainent dans les forêts humides des zones équatoriales…

… Non … de toute façon, il était foutu ! Finalement, j'ai fait une bonne action…

… et puis, c'était un Slave !...

Il est sept-heures trente.

Je ne suis plus qu'à vingt kilomètres de Monrovia. J'arrive à l'intersection entre la route de l'ouest sur laquelle je me trouve et celle du nord. Le village situé là s'appelle Voyou[4] ! Ça ne s'invente pas, une chose pareille ! Ça me fait rire.

Je m'arrête un moment. Je constate que je n'ai plus beaucoup d'essence. Ce n'est pas le moment de tomber en panne et il est inutile que je vide mon dernier jerrycan : il y a une station-service.

Pendant qu'une charmante jeune fille remplit mon réservoir, je demande à téléphoner. J'appelle le King Mangala et demande la chambre N° 1, celle de Greta.

Elle décroche tout de suite. Elle devait attendre mon appel avec impatience. Il était prévu que nous arrivions hier soir mais, avec les impondérables… et puis, durant tout le voyage nous ne pouvions bien sûr pas téléphoner :

-   Wern ? C'est toi ?
-   Oui, Gretchen !
-   Où êtes-vous ?

---

[4] Authentique.

Je me demande une seconde la raison de ce voussoiement de politesse auquel je ne suis pas habitué de la part de ma compagne. Puis je réalise qu'elle ignore que je suis désormais seul.

- Eh bien, je suis tout près ; à une vingtaine de kilomètres mais… je suis seul…
- Le Yougo s'est dégonflé ?

L'image m'amuse. Avec les deux trous qu'il a pris dans le corps, c'est une présentation assez exacte, quoiqu'imagée, des choses.

- Pas exactement… il lui est arrivé un… accident de la route. Enfin, je te raconterai.
- Et toi, tu n'as rien, meine Liebe ?
- Non, je suis en pleine forme.
- Et… et… le colis ?
- Il est prêt à être livré.

Là, je sens qu'elle respire mieux, ma Greta. C'est vrai, ça : qu'est-ce qu'on pourrait bien faire au Liberia si l'on n'avait pas notre petit viatique ?

Je lui dis que je serai au King Mangala d'ici une heure ou deux, pour le petit-déjeuner. Nous appellerons alors monsieur John Tubman, le directeur de la First National Bank of Liberia, et nous irons ensuite le rencontrer et faire notre petit dépôt. D'ici là, j'ai encore une question mineure à régler.

Je me sens bien, tout à coup.

Je vais revoir Greta. Nous faisons une bonne équipe, tous les deux. C'est sûrement l'effet d'avoir des racines communes. La formation des *Hitlerjugend* que j'ai reçue et celle des *Bund Deütscher Mädel* qui fut la sienne sont finalement très proches. Les deux organisations ont été portées sur les fonts baptismaux par le Führer du *Nationalsozialistische Deutsche Arbeiterpartei,* notre cher NSDAP.

Avant de repartir, je m'offre quand même une bière libérienne. Elle est bonne. Ce ne sera pas la dernière...

J'ai encore une petite question à régler : la question de mon véhicule.

La GAZ-69 est un peu trop visible et elle commence à avoir une « histoire ». Elle est connue à Nouakchott. On l'a vue à Gabou, à Kayes pour la traversée du fleuve Sénégal, dans quelques villages guinéens ou sierra-léonais et surtout, ce matin, au passage de la frontière avec le Liberia.

Nous avions prévu, avec Milos, d'acheter une autre voiture et de brûler celle-ci au milieu de la Brousse ; bien arrosée d'essence afin qu'elle soit méconnaissable. Mais, étant désormais seul, je dois changer de stratégie.

En passant, j'ai remarqué, à l'entrée de Voyou, un garage. C'est un grand enclos où sont parquées des voitures dont certaines sont à vendre. C'était inscrit à la peinture blanche sur le pare-brise : *For sale.*

Il est maintenant huit heures. Le garage doit être ouvert. Je retourne donc sur mes pas et, en chemin, arrête la voiture sur le bord de la route. Là, avec mes outils, je démonte les plaques d'immatriculation et je les mets dans mon sac. Puis je redémarre et fais les deux kilomètres qui me séparent du « garage ». Le portail est ouvert. J'entre la GAZ-69 dans la cour.

Un homme aussi noir que rond, vêtu d'un débardeur aussi taché que déchiré et offrant un sourire aussi avenant qu'inquiétant vient au devant de moi.

- Que puis-je pour vous ?
- Bonjour monsieur, je m'appelle John Smith et je souhaiterais acheter une voiture.
- Bonjour monsieur Smith. Je m'appelle James Doe et, dit-il avec un grand sourire commercial et un geste large et circulaire vers ses véhicules, j'ai ici tout ce qu'il vous faut.

Je lui ai donné le nom de Smith. Je ne voulais pas compromettre celui de Greenwood, qui doit conserver toute sa virginité pour ma vie future. Et Grünewald risque d'être un peu trop connu dans un proche avenir.

Je regarde les autos dont dispose monsieur Doe. Je n'ai plus besoin d'un véhicule tout-terrain. Je n'ai aucunement l'intention de circuler à travers la brousse libérienne. Après ces trois jours, je suis vacciné contre les voyages exotiques pour les dix ans qui viennent !

Je vois une Cadillac décapotable saumon et un coupé Mercedes-Benz bicolore marron et crème qui me plaisent beaucoup. Ces sont des voitures qui sont pleines de distinction et marquent bien le statut social de leur propriétaire… mais : le coffre !

Je dois faire entrer la caisse dans la voiture. Je ne vais quand même pas lui faire traverser tout Monrovia en dépassant du coffre ? Ce ne serait pas très discret. J'avise une *station Wagon* Dodge 64 de couleur orange et bleu ciel qui me semble allier les qualités que je recherche : l'élégance et le volume d'accueil.

Je négocie un peu avec monsieur Doe, et nous tombons d'accord sur un prix de 2.500 US $. Je lui dis que le plus simple est qu'il me fasse un certificat de vente en blanc et que j'aille faire enregistrer la cession à Monrovia. Il m'explique que ce type de procédure est pour lui génératrice de frais complémentaires à hauteur de 300 $. Que dire ? C'est le prix de la discrétion. Va pour 2.800 !

Mais, ce n'est pas tout ça, il faut que je règle la question de ma poubelle soviétique.

- J'ai aussi un véhicule à vendre, monsieur Doe : ce superbe 4x4 bâché GAZ-69. Je n'ai pas l'habileté de conduire deux voitures à la fois, ajouté-je sur un ton plaisant.

Il me fait la politesse de rire, très fort.

Il regarde la GAZ-69 de l'air dégoûté qu'ont toujours les marchands de voiture quand ils doivent reprendre un véhicule. Il en fait lentement le tour :

- Tiens, il n'y a pas de plaque d'immatriculation à l'avant... Ah... à l'arrière non plus !

- Les plaques se sont inopinément détachées... j'ai beaucoup roulé en brousse... les trépidations, vous savez ce que c'est...

- Bien sûr... mais vous avez la carte grise ?

- Hélas non. Je l'ai posée sur le tableau de bord et puis, un coup de vent...

- C'est classique... on ne se méfie jamais assez du vent : c'est traître... Nous arrangerons ça...

J'imagine que l' « arrangement » va me coûter encore un paquet de dollars. Il poursuit son inspection :

- ... et là, quel est ce trou dans le capot ?

Il y a effectivement un joli petit trou rond que je n'avais pas remarqué : un souvenir laissé par la Winchester de nos agresseurs de cette nuit. Mr Doe ouvre le capot et regarde attentivement, sort une pince de sa poche et retire une balle de calibre 12 qui était fichée dans le bloc moteur. Il me la montre.

- Ce doit être du 12, lui dis-je. Je suis allé faire une partie de chasse et la gazelle que je poursuivais s'est réfugiée près de ma voiture... c'est con, ces animaux !

Je me rends compte un peu tard que c'est mon explication qui est « très con » : il n'y a pas de gazelles dans la forêt libérienne !

Mr Doe reste pensif.

- Ça va faire des frais, tout ça... de gros frais... reboucher un trou comme ça !... et puis les plaques... c'est cher, des plaques... et la carte grise...

Il a compris que je dois lui vendre la voiture à tout prix et que je n'ai aucunement l'intention de repartir avec. Il en profite. Je trouve ça parfaitement malhonnête, et même franchement immoral. Mais, que puis-je faire ? Je ne suis pas en position de force et je ne veux pas faire de scandale. Il n'est pas question que je me fasse remarquer à peine arrivé au Liberia.

- C'est une belle auto, monsieur Smith, quoiqu'assez ancienne. Je l'estime à 1.000 dollars américains. Mais, les frais... hum, voyons... reboucher le trou, vérifier le bloc moteur, les plaques, la paperasserie d'immatriculation... j'estime le tout à 950 dollars... je vous la reprends pour cinquante...

- Cinquante !

- allez, disons cent parce que vous m'êtes sympathique.

- Mais !... C'est un cadeau !

- Si vous préférez me laisser relever vos noms et adresses sur votre passeport, monsieur Smith, je vous adresserai un avoir si je m'en tire à meilleur compte.

Bon ! Il se fout de moi ! Ne perdons pas de temps et réglons l'affaire. Je lui paie les 2.700 $ convenus.

Il me donne aimablement un coup de main pour transborder la caisse que j'ai habilement enveloppée d'une toile kaki, par souci de discrétion. Il m'accompagne ensuite pour prendre mes derniers bagages et les porter dans la Dodge.

- Joli fusil de chasse, Mr Smith !

Zut ! J'ai oublié de dissimuler la Kalachnikov. Je ris bêtement. Il rit un peu, aussi ; d'un rire un peu malsain Je sors de ma poche une liasse de 300 dollars et la lui donne en disant :

- Merci pour le coup de main, Mr Doe.

Il me remercie et fourre la liasse de billets dans sa poche. Puis il me tend la main que je serre.

- Au revoir, Mr Smith. Et soyez prudent si vous allez à la chasse à la gazelle : c'est un sport dangereux…

- Au revoir, Mr Doe…

J'embraie, sors de la « concession » et reprends la route de Monrovia. Je ne reviendrai pas traîner du côté de Voyou – la bien nommée ! – avant un certain temps…

… C'est cinq minutes plus tard que je réalise qu'en plus, je lui ai fait un plein d'essence !

*

A 9h 30, j'entre dans le parking de l'hôtel King Mangala.

Je vois Greta attablée sur la terrasse, devant un copieux petit déjeuner. Elle me regarde entrer d'un air distrait. Puis elle replonge dans la lecture de son journal. Ça alors ! C'est tout l'effet que je lui fais ! Je comprends soudain qu'elle attendait mon char d'assaut soviétique et non pas l'élégant *station wagon* Dodge orange et bleu que je conduis présentement.

Je descends de voiture. Elle me reconnait. Elle lâche son journal et se précipite dans mes bras.

Nous procédons à de longues effusions auxquels je trouve décent de mettre fin avant que tout l'hôtel ne soit réuni autour de nous.

Nous retournons à sa table et elle me commande un petit déjeuner, et un second pour elle : l'émotion lui a ouvert l'appétit !

C'est le directeur en personne, Mr Chris Esquire, qui l'apporte. Il se présente à moi :

- Mr Greenwood, je suis profondément honoré de recevoir notre futur propriétaire. Croyez bien, cher Monsieur, que tout le personnel se joint à moi pour vous souhaiter un bon accueil et vous dire combien nous sommes heureux et fiers que notre établissement soit désormais en de si bonnes mains.

J'ai l'impression qu'on donne volontiers dans l'emphase, au King Mangala. Je me lève pour saluer mon futur bras droit. Je lui prends les deux mains et les serre chaleureusement C'est comme ça que doit faire un patron, il me semble.

Mr Esquire est un Noir ; un Américano-Libérien, sans aucun doute. Il n'y a que les descendants d'esclaves affranchis qui tiennent le haut du pavé à Monrovia. Et puis, les Américano-Libériens pratiquent allègrement l'endogamie. Ils sont donc tous plus ou moins cousins ou apparentés, ce qui simplifie les affaires. Chaque Américano-Libérien a ainsi des accointances avec une personne haut placée dans l'administration ou au gouvernement.

J'invite Mr Esquire à s'asseoir à notre table. Il me remercie et demande, sur un ton un peu méprisant, à un employé - un Krahn, un autochtone de l'ethnie majoritaire - d'aller lui chercher un café.

Mr Esquire était déjà aux fonctions de direction quand Greta exerçait encore dans l'établissement. Il avait été un bon patron pour elle, moyennant certaines faveurs qu'elle lui accordait à l'occasion ; si j'ai bien compris, mais je n'ai jamais voulu approfondir. Ça ne me regarde pas.

Nous bavardons aimablement tous les trois. Je lui fais part de nos projets d'extension et de diversification. Nous lancerons tout ceci dès la semaine prochaine, après formalisation de notre acquisition.

- Madame Greenwood m'a effectivement parlé de ces passionnants projets et…
- Faisons simple, Chris ! Appelez-moi Greta, comme toujours !
- Eh bien soit, Greta, ce que vous m'avez dit de ces projets soulève mon enthousiasme. Sous

votre gouverne, notre bel établissement contribuera encore mieux à l'épanouissement culturel de notre chère capitale… etc… etc…

Quand Mr Esquire est lancé…

Il finit par nous quitter pour retourner à son bureau directorial, après nous avoir encore assuré de tout son respect et de tout son dévouement.

Tout ceci se présente bien. Greta et moi allons faire, avec notre cher directeur, une équipe efficace et profitable. Les beaux Francs CFA qui dorment encore dans leur caisse à l'arrière du Dodge vont bientôt faire des petits.

Nous montons à notre chambre. Greta tient absolument à me prouver sur le champ combien elle est heureuse de me retrouver. Je ne puis lui refuser ce plaisir. Je n'ai d'ailleurs aucune envie de le lui refuser !…

… Cette bonne chose étant faite, il nous faut passer aux choses sérieuses.

Nous appelons monsieur John Tubman, le président de la First National Bank of Monrovia - et accessoirement cousin de monsieur William Tubman, le Président du pays -. Il nous dit qu'il nous attend.

Nous sautons dans le Dodge et nous dirigeons vers la banque. Nous entrons le *station wagon* dans la cour et nous nous faisons annoncer. Monsieur Tubman vient nous accueillir en personne et nous emmène dans son bureau.

Cinq minutes plus tard, monsieur Tubman redescend avec nous, accompagné de deux appariteurs en grande tenue, aussi sérieux que musclés. Il y a aussi le trésorier en chef. Ils empoignent la caisse et nous nous engouffrons dans les profondeurs de la banque.

Nous arrivons à la salle des coffres. Mr Tubman et le trésorier composent les codes, manipulent les clés et font jouer le mécanisme de l'énorme porte blindée. Puis les deux appariteurs déposent la caisse sur un rayonnage.

Nous ressortons et accompagnons monsieur Tubman et le trésorier dans le bureau du président.

- Mes chers amis, dit Mr Tubman, tout est ainsi réglé. Comme la banque ferme cet après-midi, veille de Noël, je vous propose que nous nous retrouvions ici-même jeudi matin pour procéder à l'ouverture de votre… colis. Nous ferons alors le décompte des espèces et remplirons les formalités afférentes. Qu'en pensez-vous ?
- Tout ceci nous convient parfaitement, monsieur le président.
- Pour ce qui est de votre investissement, nous avons rendez-vous vendredi chez le notaire. J'apporterai le chèque de banque, vous signerez les derniers papiers et, dès le 27 décembre au soir vous serez chez vous au King Mangala.
- C'est parfait ainsi…
- Ah… une petite question encore… vos associés, messieurs Fleury et Milutinovitch… enfin, je veux dire Mr Flowery et Mr Miluty ne viendront pas, n'est-ce pas ?

- Non, monsieur le président. Nous avons réglé ceci par courrier depuis Nouakchott, avec vous et avec le notaire, n'est-ce pas ?
- Tout à fait ! Tout à fait. Je voulais seulement m'assurer que rien n'était changé. Une apparition impromptue pourrait poser certains problèmes.

Je rassure pleinement monsieur Tubman. Pour ce qui est de Milos, le risque est égal à zéro. Quant à Charly, grâce aux amis de Greta, il n'a aucune chance de passer le contrôle de police à l'aéroport. Monsieur Tubman saisit un document et reprend :

- Le notaire m'a fait passer les nouveaux statuts de la *King Mangala Investment Co*, il y est bien spécifié sur l'additif A, page 1, alinéa 3 que l'absence d'un associé lors de l'ouverture du compte vaut renonciation de l'associé absent au profit de ses coassociés... C'est original, mais simple. Il n'y a donc pas de problème pour moi. Eh bien, nous réglerons donc tout ça jeudi !

Il nous a coûté cher, le notaire. Mais toutes les signatures portées sur les « nouveaux statuts » ont été authentifiées par un de ses collègues et par le commissaire principal de la police de Monrovia. C'est merveilleux, un pays où une juste rétribution financière peut triompher des tracasseries administratives les plus mesquines ! Un pays où l'esprit d'entreprise peut enfin se donner libre cours.

Nous avions rajouté cet alinéa 3 pour éliminer Charly. Il règle aussi la question de Milos. D'une pierre deux coups ! Je me dis que Greta et moi ne sommes pas mauvais, au bout du compte.

Sur le pas de la porte, Mr Tubman nous salue :

-   Cher monsieur Greenwood, Chère Greta, à jeudi !

« Chère Greta »… je ne les savais pas si intimes… peut-être doit-on voir dans cette familiarité l'effet d'une ancienne « connivence horizontale »… Oublions : c'est du passé !

Greta et moi allons déjeuner au Golden Beach, un restaurant de la corniche avec terrasse donnant sur la mer.

Tout en dégustant nos cigales de mer grillées, arrosées d'un chardonnay d'Afrique du Sud bien frais, nous devisons aimablement.

J'explique à Greta les raisons de l'absence du « Yougo », comme elle dit. Il a été malencontreusement confondu avec un phacochère par un chasseur sierra-léonais… L'explication semble la satisfaire. Je n'insiste pas.

Nous évoquons ensuite les aménagements que nous allons apporter au King Mangala. Je suis très attaché à l'agrandissement du casino. C'est très rentable, un casino. On y gagne une bonne partie de l'argent engagé par les joueurs, mais ce n'est pas tout. On peut surtout y recevoir pas mal d'argent venant d'autres sources. Et qui se transforme en authentiques jetons et plaques, puis en légitimes crédits sur le compte en banque de l'établissement.

-   C'est ce qu'on appelle le blanchiment, me demande ma compagne ?

- Le blanchiment est une spécialité de l'Afrique noire, lui réponds-je finement !

Greta rit à ma plaisanterie. Elle est charmante. Il faut dire qu'elle est enchantée d'être désormais mon épouse légitime. Mais il lui demeure une petite frustration :

- Ça me fait très plaisir de m'appeler maintenant madame Greenwood, me dit-elle, mais... un mariage bénit simplement par un faussaire et sans robe blanche, c'est comme une choucroute sans saucisses...

Ma compagne – et nouvelle épouse – bavaroise est vraiment délicieuse ; et si romantique ! Et quel sens de la métaphore ! Je lui promets une robe blanche pour le réveillon du 1er janvier.

Greta tient à développer l'activité galante de la maison. Elle considère, sûrement à juste titre, qu'un hôtel international ne peut avoir de renom que si les clients de qualité y trouvent un légitime réconfort et un indispensable apaisement de leurs sens. J'incline à m'en remettre à son opinion : c'est une spécialiste.

Une chose obscurcit quand même mon esprit : nos associés.

Certes, Milos ne réapparaitra pas. Je n'ai jamais cru aux fantômes.

Mais Charly ? Normalement, le piège est imparable. Le passeport qu'on lui a délivré est bien sûr faux, archifaux et sa fausseté apparaît au premier regard à un fonctionnaire averti. La numérotation du document ne correspond à aucun standard libérien. Et le papier est d'une qualité tout autre que celle réglementairement utilisée.

Nous avons même pensé au cas où un policier distrait ne lirait pas le document. Ou surtout à celui où il le lirait mais se laisserait circonvenir par un gros bakchich. Charly en serait capable. Aussi avons-nous fait prévenir le service de l'immigration qu'un certain Charles Flowery of Flowery Mount, prétendument citoyen libérien, était muni d'un faux passeport. Le directeur de l'immigration est une ancienne connaissance de Greta. Donc, ce devrait être verrouillé.

Nous avons aussi fait prévenir les postes frontières terrestres, au cas où il aurait finalement décidé de venir par la route.

Mais s'il passait la frontière en fraude, par la brousse ? Pourquoi ferait-il cela ? Il serait alors dans une situation irrégulière. En ce cas, après lui avoir dit : « Charly, quel plaisir ! Te voici enfin arrivé ! », Greta passerait un discret appel téléphonique à Mr Paul White, le directeur de l'immigration.

Mais il y a une autre possibilité à laquelle je n'avais pas pensé. C'est qu'il passe la frontière avec son passeport français. Il ne doit pas être recherché, aujourd'hui. Rien ne prouve, à l'heure actuelle, qu'il soit notre complice…

Je m'ouvre de mon inquiétude à Greta. Elle est de mon avis. Il y a là une faille. Mais elle trouve la parade :

-   S'il passe avec son passeport français, il aura son faux passeport libérien sur lui ou dans ses bagages. Il suffit de le fouiller !

Elle téléphone tout de suite à son ami Paul White pour que l'on intercepte également un certain Charles Fleury de Montfleury, citoyen français, à l'aéroport.

En définitive, il n'y a aucun risque !... et pourtant... tant que je n'apprendrai pas qu'il a été arrêté, je ne serai pas parfaitement tranquille.

- A quelle heure arrive son vol ? demandé-je à Greta.
- A 18 heures15.
- A 19 heures au plus tard, nous serons pleinement rassurés.
- Oui, meine Liebe et... et j'aimerais, pour ce soir, te demander une faveur...
- Dis, Greta ! Un réveillon au Holiday Inn ?
- Non...
- Un petit réveillon pour nous tous seuls, dans notre suite du Mangala, avec un kilo de foie gras et deux bouteilles de champagne rosé ?...
- Non Werner ... euh... Walter.
- Ben alors ?... que désires-tu ?
- J'aimerais que tu m'emmènes à la messe de minuit !

Greta m'étonnera toujours...

Ma nuit avec Charles de Gaulle

Troisième partie

Ma nuit chez Charles de Gaulle

*

14

CHARLES

Dimanche 22 décembre

Finalement, j'ai décidé de voyager par la route avec la Land-Rover.

Je conduis depuis maintenant presque dix heures et je commence à être fatigué.

Nous sommes partis de Nouakchott au lever du jour, en direction du sud. Il ne fait pas bon circuler de nuit.

Ramatoulaye est assise à côté de moi.

Elle a dit au directeur du Club qu'elle était souffrante, et moi j'ai dit à Montigny qu'il me fallait deux ou trois jours de plus de vacances. Celles que j'avais prises pour aller à la chasse m'avaient plus fatigué que reposé. Il n'a rien dit, Montigny. Il était d'accord : par principe. Sa seule crainte, c'est que je lui fiche ma démission. Il devrait trouver un adjoint aussi efficace ; et surtout aussi discret quant à

189

l'efficacité de son patron ! Alors, il m'a souhaité de bonnes vacances.

De Nouakchott à Rosso, sur le fleuve Sénégal, il y a cent soixante-dix kilomètres environ, mais cent soixante-dix de piste. Nous n'avons mis qu'un peu plus de trois heures, ce qui est un petit exploit. Ça n'a été possible que parce que nous n'avons crevé que deux fois : ce qui est un autre exploit.

Une fois franchi le Fleuve sur le bac, nous avons pris pied en République du Sénégal. Ramatoulaye était toute émue. C'était la première fois qu'elle revenait dans son pays depuis trois ans.

Nous nous sommes alors engagés sur la route de Saint-Louis, distant d'une centaine de kilomètres.

A Saint-Louis, nous nous sommes arrêtés une heure à l'Hôtel de la Poste. J'y tenais. C'est dans cet hôtel que Jean Mermoz a passé la nuit le 13 mai 1930, la veille de son départ pour la première liaison aéropostale directe de Saint-Louis à Natal, au Brésil.

Nous déjeunâmes rapidement. Nous étions pressés. Mais je voyais dans cette étape un signe. Nous aussi, nous partions pour une aventure lointaine.

Nous prîmes alors la route de Dakar. Après nous devions grosso modo suivre la côte.

La route est monotone mais, depuis Nouakchott, nous constatons quand même du changement. Il y a maintenant des petites forêts d'épineux et de grands arbres, rôniers, fromagers ou baobabs, qui parsèment le paysage ; et, quand nous nous approchons de la côte, des cocotiers.

Il est près de 18 heures.

Nous avons passé Dakar et nous nous dirigeons maintenant vers l'embouchure des fleuves côtiers Sine et Saloum. L'estuaire forme une zone humide de mangrove où règnent les palétuviers, mais qu'aucune route ne traverse. Il nous faut contourner ce secteur par le nord.

Ramatoulaye me dit :

- Nous arrivons à M'Bour. C'est là qu'il y a le seul hôtel de tourisme de toute le Petite-Côte. Il est agencé sous forme de bungalows et on y dîne très bien. Ça s'appelle Les Trois Ibis. C'est un cousin à moi qui le tient.

Ils sont tous cousins et cousines, de toute façon... quand ils ne sont pas frères et sœurs ! Alors, pourquoi pas Les Trois Ibis ? De toute façon, je ne veux pas rouler de nuit.

Nous nous arrêtons. Ramatoulaye se rappelle au bon souvenir de son « cousin » Mamadou qui semble n'avoir aucune mémoire de sa « cousine ». Quoiqu'il en soit, il nous accueille chaleureusement et nous dit que si nous ne sommes pas trop pressés, il va nous préparer un Thieboudienne à sa façon. Je connais ce plat traditionnel de capitaine de mer et de riz : c'est délicieux.

En attendant, Ramatoulaye va prendre une douche et se changer et moi, je vais fumer une cigarette en buvant une Gazelle, sous une paillotte au bord de l'eau.

Comme souvent sur la Petite-Côte, l'océan est calme et l'on n'entend qu'un léger clapotis. A une cinquantaine de mètres, des pirogues de mer abordent au rivage. Les pêcheurs en sortent des requins. On ne les pêche que pour leurs ailerons qui sont fort appréciés des Japonais, m'a expliqué Ramatoulaye tout à l'heure.

- C'est si bon que ça ? lui ai-je demandé.
- Ce n'est pas pour leur valeur gustative que les Japonais en sont friands, c'est parce que ça donne de la vigueur...
- De la vigueur ?
- Tu vois ce que je veux dire, me répondit-elle avec un clin d'œil canaille.
- Alors, demande à Mamadou qu'il m'en prépare !
- Tu n'en as pas besoin, mon Charly !...

Non seulement Ramatoulaye est charmante, mais elle sait être flatteuse. Et quel est le mâle qui n'aime pas être flatté ?

Devant les derniers rayons du soleil couchant, s'élève la fumée bleutée du panneau de treillis où l'on fait fumer le poisson. C'est follement romantique. L'odeur du poisson fumé l'est un peu moins...

La vue est apaisante et reposante. Ça me fait du bien car la route est encore longue et, en cette saison, la chaleur est forte en plein midi. Ce soir, il fait bon.

Je ferme les yeux et laisse mes pensées divaguer un peu. Je repense à cette nuit passée jeudi dans le désert, sous la tente de Charles de Gaulle ould Mokhtar.

*

Elle fut envoûtante et étrange, cette nuit passée dans le désert avec le commissaire Christian Galtier…

… Que l'on ne croie surtout pas que je fais trait ici à quelque aventure aussi folle que romantique ! Le commissaire n'est pas du tout mon genre !

« … *Sunt certas noctes ubi fatum mutat*… » avais-je appris dans mon collège de jésuites. Cette nuit chez Charles de Gaulle en fait partie.

Charles de Gaulle venait de nous quitter et le commissaire dormait comme une masse.

J'avais pris quelques-unes des dattes délicieuses qui étaient disposées sur un plateau et j'en avais effacé l'arrière-goût sucré avec un peu de thé à la menthe qu'on nous avait laissé à disposition dans un thermos.

Puis, je m'étais étendu, le regard dans les étoiles; dans ce ciel merveilleux et scintillant qu'on ne peut plus voir sous nos latitudes par le fait de la pollution lumineuse urbaine. Je pensais que les Anciens avaient vu ce même ciel, il y a deux ou trois mille ans… pas exactement le même, en fait, car les astres se déplacent dans l'espace-temps.

Je trouvais fascinant de penser que ce que je voyais était vrai et faux à la fois. C'était vrai parce que j'ai une bonne vue et que je ne me laisse pas abuser par mes sens. Mais c'était faux parce que, dans l'espace-temps, nous ne recevons qu'une image présente de ce qui a été. Et qu'au moment ou nous en recevons la lumière, des étoiles n'existent peut-être plus depuis des millions d'années… C'est con, ça laisse à penser, le désert…

Je ressentais donc la magie du désert et me disais que c'était ceci qu'avaient recherché jadis les prophètes juifs errant entre Egypte et Mésopotamie, les anachorètes chrétiens vivant comme des bêtes dans des grottes, et les soufis musulmans relisant sans cesse les mêmes saintes pages du saint Coran, assis dans le sable du désert sous la voûte étoilée.

Je m'assoupissais de plus en plus en pensant aux anges qui parcouraient ces zones désertiques et y livraient des combats impitoyables aux multiples démons qui hantaient ces lieux.

Je pensais aux archanges, et en particulier à Gabriel - que les Arabes appellent Djibrill - et qui est le porteur infatigable et éclectique des bonnes nouvelles… Ce fut Gabriel qui annonça au juif Daniel la prophétie des soixante-dix semaines. Ce fut lui encore qui annonça à Marie la naissance de Jésus. Et ce fut toujours lui qui révéla à Mahomet la parole divine qui est retranscrite dans le Coran…

… et soudain, l'archange Gabriel me parla :

- Charly, tu dors ?

On dit que, sur le point de mourir, on voit toute sa vie défiler devant soi. Je ne sais si c'est vrai : je ne suis jamais mort. Mais je peux dire que quand on est réveillé en sursaut par un archange, on a le temps, en une fraction de seconde, de se poser une foule de questions !

Je me demandai d'abord si je n'étais pas l'objet d'une subite conversion. Je n'ai jamais cru aux miracles mais, si tel était le cas et que j'eusse soudain rencontré la foi tel un vulgaire Paul Claudel derrière son pilier, ce serait vraiment un miracle ! Mais je me rappelai aussitôt que Claudel avait connu cette magie à Notre-Dame de Paris le jour de Noël, et que moi j'étais dans le désert mauritanien cinq jours avant la Nativité.

Ça ne devait pas être ça…

Je me frottai les yeux pour mieux voir l'archange dans la pénombre de la nuit et je le vis. Enfin, presque… Je vis le commissaire Christian Galtier assis sur un tapis et me regardant attentivement.

- Tu dormais ?
- Je m'étais un peu assoupi, mais je pensais que vous, vous dormiez à poings fermés.
- Non.
- Ah bon ?...
- Quand Charles de Gaulle nous a quittés, j'ai fait mine de dormir mais je ne dormais pas.
- Vous vouliez profiter de la voûte céleste constellée, Commissaire ?
- Non, Charly. Je voulais te parler.
- Me parler ?
- Oui. Tranquillement.

Ouh ! Ça, ça me pose des questions. Ecoutons.

- C'était bien, cette partie de chasse ?
- Oui, très bien…
- Vous êtes allés où ?
- Ben… du côté d'Akjoujt.
- Sous le mont Temagouthe ?
- Oui, c'est ça !
- Il n'y a jamais eu le moindre gibier, là-bas !

Zut ! Il m'a piégé. Je n'aime pas cette conversation.

- C'est sûrement pour ça qu'on n'a rien tiré.

- Sûrement... et c'est aussi pour aller au nord que vous êtes passés par Aleg, au sud...
- Aleg ? Euh... non, je ne crois pas...
- Ne te fatigue pas ! J'ai des informateurs. Une Land-Rover et une GAZ-69 soviétique qui roulent en convoi, ça se remarque.
- Nous avons dû faire un petit détour...
- C'est ça !... et puis j'ai regardé le compteur de ta Land-Rover, devant le Club, avant et après ton voyage. Deux mille kilomètres pour aller et revenir d'Akjoujt, ça fait un peu beaucoup, même en passant par Aleg ! Deux fois trop, en gros...

Il part d'un grand rire. Je souris, un peu lamentablement, et me tais. J'ai compris ! Il sait tout... ou presque tout ... le mieux est que je le laisse venir. Je me tais. Même en garde-à-vue, on a le droit de se taire. Il poursuit :

- Tu vois, petit, je suis un peu con... mais pas complètement. Alors, cette partie de chasse, je n'y croyais pas. Les deux poivrots, ils n'ont jamais chassé de gazelles que dans les bordels de Nouakchott, Dakar ou Nouadhibou. Et toi, tu m'as précisément expliqué que c'était pour fuir tes chasses paternelles et franc-comtoises que tu étais venu ici ; ou presque...

Qu'est-ce que j'avais eu besoin de lui dire ça, aussi ? Mais je ne savais pas que ça pourrait prêter à conséquences.

- ... et te voir partir à la chasse avec ces deux têtes brûlées qui n'étaient pour toi que de vagues relations du Club, c'était étrange... le banquier et les aventuriers...

Il est observateur, le vieux commissaire alcoolique.

-   ... et puis la voiture du Yougo « en panne dans la brousse » ! Et vous qui revenez tous les quatre dans la tienne...

Il continue d'enfoncer le clou. Un clou qui me rentre dans le crâne, me fait mal et tue mes dernières espérances.

-   ... et emmener cette pauvre petite Ramatoulaye avec vous, c'était bizarre. Pour quoi faire ? Faire l'interprète, peut-être... elle parle peulh. Et avec le peulh, on se débrouille partout...

Que dire ? Rien.

-   Je vais te dire, petit, c'est un plan à la con !...

Compte tenu de la façon dont tournent les choses, j'inclinerais de plus en plus à penser comme lui.

-   ... quand vous êtes revenus, j'ai invité Milos à boire des coups. Je l'ai choisi parce que c'est le plus con des deux. Je l'ai fait boire ; plus que moi. Il avait dû avoir le gosier desséché, dans le désert ! Je lui ai rappelé sa petite mésaventure d'il y a deux ans, quand il avait planté un DC3 dans le sable :

    « Milos, ça doit servir de leçons, des coups comme ça. Tu n'es pas près de reposer un avion hors piste... »

    « Et comment que si ! Là, ce n'était pas de ma faute ! C'était le sable... »

Je sentais qu'il s'échauffait. Il n'aime pas que l'on mette en doute ses talents. Alors j'ai alimenté le feu... tout en l'abreuvant ! Je lui disais que c'était un truc à perdre son boulot... « Quel boulot ? » s'est-il exclamé « J'm'en fous, de ce boulot ! ». Je te passe les détails de la conversation. A la fin, j'ai senti qu'il était mûr. J'ai plongé. Je lui ai dit qu'il y avait des endroits, en tout cas, où il était impossible de se poser. « Où ça ? », me demande-t-il avec l'arrogance qu'ont parfois les ivrognes. « J'sais pas, moi, ben... près de Temagouthe, par exemple, ou bien... tiens... dans la haute vallée du Sénégal, dans les collines entre Aleg et Kaédi ... » - « Même dans ce coin-là on trouve des endroits plats et assez grands pour un pilote comme moi ! » qu'il me répond, énervé. Il était vexé. Je n'ai pas insisté. J'en savais assez et je ne voulais pas lui mettre la puce à l'oreille... Je savais que vous alliez vous poser. J'avais vaguement pensé d'abord à un parachutage, avec des complices qui attendraient en-dessous... Où êtes-vous allés, petit ?

Qu'est-ce que ça peut faire, maintenant ? Il en sait assez. Le coup est foutu. Et puis, la police ne peut rien contre nous. Il n'y a qu'une intention qui ne pourra jamais être prouvée.

-   Au Mali.
-   Pas con, ça !... c'est toujours bon d'intercaler une frontière... Mais, qu'est-ce que vous

auriez fait du pognon, à Bamako ? Vous auriez tout de suite été gaulés.

Je n'ai plus le cœur à nier. Le projet a fait long feu.

- On n'allait pas atterrir à Bamako.
- Je m'en doute !... dans la brousse, mais où ?
- A Gabou... un bled paumé entre Kaédi et Kayes...
- Je vois... et la destination finale, c'était Freetown ?
- Monrovia.
- Bien, Monrovia ! Tout est possible, là-bas : faux-papiers, corruption de fonctionnaires et de banquiers... Bravo, vous aviez bien choisi...

Je ne sais pas si je dois me glorifier de ces félicitations. J'en ai assez peu le goût...

Galtier marque un long silence. Je me garde bien de le rompre. Je remue de noires pensées. C'était une belle idée mais, *diabolus in minimis*, comme on m'a appris au collège des pères jésuites : tout est dans les détails.

Le commissaire prend deux petits verres à thé, sort une flasque de whisky de sa poche et remplit les verres. Il m'en tend un que je saisis. Je pense, avec un petit rire intérieur, que nous commettons là un sacrilège : boire de l'alcool dans les verres d'un pieux Beïdane ! Les verres vont être *Haram*, maintenant ; impurs, interdits ! Et Charles de Gaulle ne le saura même pas...

Malgré tout, je bois. J'en ai besoin.

Galtier reprend :

- C'est un plan à la con, Charly !

- Je sais, Commissaire, vous me l'avez déjà dit.
C'est vrai… eh bien, oublions !

Galtier marque un nouveau silence. Il me fait du cinéma.

- Tu as deux solutions, Charly…

Diantre, comme dirait monsieur mon père ! Moi, je n'en voyais aucune.

- La première : tu poursuis dans ton projet. J'appelle le directeur d'Air Mauritanie et samedi, c'est Wilson et Ould Dabouh qui seront aux commandes du DC3. Il atterrira comme prévu à dix heures trente à Zouerate. Les braves ouvriers de la MIFERMA auront leur paie et leur treizième mois, et les deux zozos du manche à balai ne comprendront jamais pourquoi on ne leur confiera plus les commandes de l'avion de Zouerate… et toi, comme tu n'es pas complètement con, tu ne t'aviseras pas de vouloir recommencer…

Je suis flatté de « n'être pas complètement con » mais je pense que je le suis quand même pas mal : m'être engagé dans une affaire aussi mal ficelée ! Enfin… il a parlé de deux solutions. Quelle peut bien être la seconde ?

- Et la seconde ? …
- La seconde, eh bien…

*

- Charly ! …

C'est Ramatoulaye qui me sort de ma rêverie.

- Charly, réveille-toi ! Le Thieboudienne est prêt ! Mamadou dit qu'il ne faut pas le faire attendre. C'est un plat qui doit se déguster juste à point…

Je regarde ma compagne. Pour faire honneur à son passage dans son pays d'origine, elle a troqué son short et son teeshirt pour un boubou traditionnel wolof ; modèle « spécial fêtes ». Ça lui va merveilleusement bien. Elle ressemble à une princesse de l'Afrique ancienne, de l'Afrique que j'aime.

Non ! Il ne faut pas faire attendre le Thieboudienne : ni Ramatoulaye !

15

RAMATOULAYE

Dimanche 22 décembre

Je finis de prendre ma douche. Après cette longue route, ça fait du bien.

Avant de m'habiller, je me regarde dans le grand miroir fixé au mur du bungalow. Je me trouve belle. C'est vrai que je suis belle.

Il faut que je m'habille.

Je suis revenue sur la Petite-Côte.

Nous sommes à dix kilomètres de Nianing, le village de ma naissance. Nianing, ma plage, ma famille, mes amis, mon enfance…

Nous ne passerons pas à Nianing, demain matin. Nous prendrons la route de Fatick et Kaolack, plus au nord.

Le regretté-je ? Non.

Je ne reverrai plus ma famille, ma plage, mes amis pêcheurs ni mes amis charpentiers qui font de si belles pirogues.

Je ne connaîtrai plus les fêtes sous le grand baobab sacré, en octobre, pour célébrer la fin des moissons. Ces fêtes où, toute la nuit, on boit, on chante, on danse et l'on fait aussi certaines choses que l'on ne devrait pas faire ; au dire des anciens, tout au moins.

Je ne connaîtrai plus ce monde. Je n'en fais plus partie ; Je l'ai quitté, renié. Je ne crois même plus aux esprits du grand baobab !…

Je n'ai pas respecté la loi des anciens. Je suis partie à la ville, avec un Blanc. J'ai couché avec des Blancs. Je vis avec un Blanc.

Petite fille, je regardais songeuse l'océan et je rêvais d'un autre horizon. Il se dessine devant moi, maintenant… Il faut tourner la page, parfois. Alors, je l'ai tournée, pour toujours.

Mais ce soir, je ne suis qu'à dix kilomètres du lieu de ma naissance, de mon enfance.

Alors, au lieu du jean ou du short et des teeshirts que je porte d'habitude, j'ai revêtu le grand boubou de fête que j'ai acheté pour la circonstance. Il est de couleur bleu profond, ample et orné de broderies en fil d'argent.

J'ai attaché autour de mon cou et de mes poignets, mes bijoux traditionnels d'ambre, d'ébène, d'ivoire et d'argent. J'ai mis à mes oreilles mes boucles en filigrane d'or, celles qui, selon la tradition wolof, sont réservées aux femmes mariées… mais, la tradition !...

J'ai entouré ma cheville gauche d'un large bracelet d'argent, à la mode mauritanienne.

Je me regarde de nouveau dans la glace : Oui, je me trouve belle : la princesse de la Petite-Côte…

Je vais rejoindre Charly.

16

CHARLES

mardi 24 décembre

Nous sommes un peu en retard sur notre horaire.

Hier matin, nous sommes pourtant partis de bonne heure. Mais la route est longue.

De M'Bour, sur la Petite-Côte du Sénégal, nous devons remonter vers le nord et passer par Kaolack pour contourner l'estuaire et les marais du Sine et Saloum, puis reprendre vers l'ouest vers Bathurst[5], en Gambie.

Après s'ouvre la route de la côte qui, par Ziguinchor, mène à Bissau, Conakry, Freetown et Monrovia.

---

[5] Aujourd'hui Banjul.

Hier midi, nous sommes arrivés à Bathurst, la capitale de la Gambie, ce petit pays anglophone aligné le long de la rivière du même nom ; et enclavé dans le Sénégal.

Il a fallu attendre près de deux heures pour prendre le bac. Il y avait, nous a-t-on dit, un problème syndical à régler. Ramatoulaye est partie en ambassade. Après force palabres et compensations financières, elle put enfin régler le problème social qui paralysait le pays !

Pendant ce temps, je fis dix fois le tour de la place centrale de Bathurst, un petit - tout petit - morceau d'Angleterre planté au milieu de l'Afrique. La place rectangulaire est entourée sur trois côtés du palais du gouvernement, du palais de justice et d'une école, tous bâtiments de style victorien. Le quatrième côté ouvre sur l'estuaire de la Gambie et son bac syndicalement rétif. Au milieu de la place, il y a un *bowling green*, un de ces espaces destiné à ce jeu de boules anglais aussi abscons que suranné ; et dont nous avons tiré le mot boulingrin.

Quand nous eûmes enfin franchi la rivière Gambie, il nous restait à peu près cent vingt kilomètres à parcourir pour atteindre notre prochaine étape : Ziguinchor, la capitale de la Casamance.

La Casamance est la région humide du Sénégal. Nous l'avions un peu oublié, ou bien avions-nous oublié de le savoir... Au village de Diouloulou trois surprises nous attendaient. La première était qu'il y avait une rivière à franchir. La seconde, qu'il n'y avait pas de pont. La troisième, que le bachelier ne serait pas là avant le lendemain : il y avait fête au village !

206

Il était dix-huit heures. Nous décidâmes de trouver un endroit un peu isolé pour bivouaquer. Nous ne recherchions pas la compagnie de paysans alcoolisés. La bière de mil est redoutable. Et puis, Ramatoulaye n'était pas très à l'aise dans cette région. Il existe de traditionnelles tensions entre les Diolas qui peuplent la Casamance et les Wolof qui gouvernent le pays ; et dont ma compagne fait partie.

Nous nous arrêtâmes pour camper dans une clairière. La nuit tombait, très vite comme elle le fait chaque jour sous ces latitudes.

Après un léger dîner, nous décidâmes de procéder, comme nous l'avions fait dans le désert, à un tour de garde. En Afrique, on se croit tout seul au milieu de la brousse et soudain on est entouré de dizaines de personnes ! C'est la magie africaine. Par bonheur, les résidents du lieu étaient en train de festoyer.

Bien que j'aie une réelle aversion pour les armes à feu, j'avais emporté avec moi mon Beretta 9 mm de service. On ne sait jamais…

Ramatoulaye prit le premier tour de veille. Je la remplaçai à une heure. Nous ne fûmes pas dérangés.

Ce matin, nous avons franchi le bac.

Le bachelier nous proposa, aimablement et moyennant un billet de 500, de faire une promenade en pirogue sur la rivière et dans la mangrove. C'était tentant, mais pas raisonnable. Je déclinai la proposition. « Nous reviendrons, lui dis-je »… j'en doute.

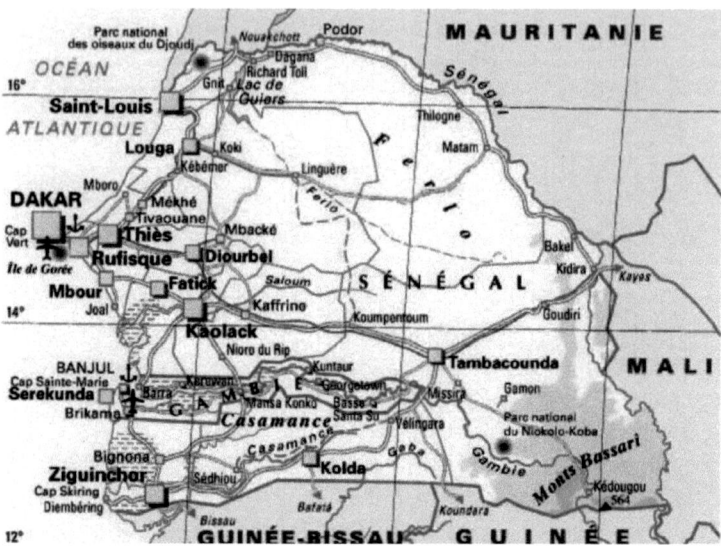

Nous approchons de Ziguinchor et je prends la direction de « l'Aviation », comme on dit en Afrique pour désigner les aérodromes.

L'aérodrome est très simple : une courte piste bétonnée et un petit hangar servant de salle d'embarquement. J'arrête la voiture devant le hangar. Le DC4 en provenance de Dakar est stationné devant le bâtiment. Nous sommes un peu en retard.

Nous entrons. A droite, il y a quelques tables disposées devant un petit bar. A l'une de ces tables, il y a un petit homme, blanc, vieux et chauve sirotant un whisky. Nous nous dirigeons vers lui :
- Bonjour, Commissaire !
- Rama, Charly ! Quelle surprise !

En réalité il n'y a aucune surprise puisque nous avions rendez-vous ici ce matin. Mais le commissaire a une certaine inclination pour l'antiphrase. Et puis, il faut convenir que l'exactitude, en Afrique, a toujours un caractère surprenant.

Galtier embrasse chaleureusement Ramatoulaye et me serre la main.

\-   Un petit whisky ?

Malgré l'heure matinale, nous ne refusons pas. Ce serait lui faire offense. Il demande en riant :

\-   Rama, dans du jus d'orange ?

Le commissaire fait trait ici à la pratique qu'ont adoptée de nombreux musulmans qui dissimulent ainsi l'infraction qu'ils font à la règle - dit-on - édictée par le Prophète de ne pas consommer d'alcool.

\-   Whisky rek, Commissaire ! …

… répond-elle dans un mélange d'anglais, de français et de wolof compréhensible par quiconque a passé quelques jours dans la région. Ramatoulaye est une connaisseuse du whisky et une musulmane décomplexée. Elle boit l'élixir écossais sans eau, sans glace… et sans jus d'orange, ça va de soi.

\-   Plus de « commissaire » entre nous, mes amis. Je m'appelle Christian, et nous sommes désormais associés.

Nous bavardons un moment. Nous nous demandons mutuellement comment nos voyages se sont déroulés, puis nous nous levons et nous dirigeons vers la voiture. Christian prend place à côté de moi, et Ramatoulaye sur la banquette arrière.

Je démarre et m'engage sur la nationale N°4, la route de la côte. Je demande à Christian :

- C'est encore loin, Monrovia ?
Et nous rions !

Tandis que je conduis, des souvenirs me reviennent en mémoire…

*

… ma nuit chez Charles de Gaulle, encore…
… Jeudi soir 19 sous la tente de Charles de Gaulle ould Mokhtar… ou plutôt vendredi matin, car il était minuit passé… le commissaire m'avait fait comprendre que notre plan - « à la con… » - était éventé.

Il allait inviter le patron d'Air Mauritanie à changer de pilotes et, au lieu que le DC3 atterrisse à Gabou avec Milos et Werner aux commandes, il atterrirait à Zouerate avec James Wilson et Mouammar ould Dabouh. C'était la façon dont les choses devaient se passer. Mais, il y avait une seconde solution, m'avait-il dit.

- Et la seconde ? …
- La seconde, eh bien… je ne dis rien au patron d'Air Mauritanie.

Je ne comprenais pas.
- Mais alors, l'avion atterrira à Gabou ?...
- Oui.
- Et ?...
- Et je vais t'expliquer.
Il m'expliqua et je compris.

Une demi-heure plus tard, le commissaire s'était dressé au milieu de la tente et avait appelé :

- Mostefaï ! Viens m'aider à descendre.
- J'arrive, Patron.

Le chauffeur de Charles de Gaulle monta sur la dune pour aider le commissaire à descendre jusqu'à la voiture. Il faut dire que Galtier n'est pas vraiment ingambe, et que le whisky – ajouté au Beaujolais – n'avait rien arrangé.

- Tu vas bien, Patron ?...

... lui demanda Mostefaï, inquiet de l'état de mon ami. Je faillis le rassurer en lui disant que c'était là son état normal à cette heure de la nuit. Je m'abstins et laissai Galtier lui dire que tout était en ordre.

Le chauffeur nous ramena en ville.

La soirée avait été aussi agréable qu'intéressante. Je me dis qu'il serait de bon goût que je fisse porter un coffret de Partagas à Charles de Gaulle en remerciement. Je doutais de le revoir.

Le lendemain, je me rendis à la Banque Centrale des Etats de l'Afrique de l'Ouest - BCEAO - pour remplir la caisse avec l'argent de la paie de la MIFERMA. Avec le sous-directeur et le trésorier, nous remplîmes la caisse, la cerclâmes. Et nous fîmes fondre, en divers points des cercles métalliques, une cire rouge que nous marquâmes du sceau de la BCEAO.

Avec mon chauffeur et le vigile de la banque, je ramenai la caisse à l'agence, dans le coffre de la Ford de service.

Ceci étant fait, je rentrai chez moi déguster l'excellent dîner que Bakary m'avait préparé. Ramatoulaye était au Club où elle prenait son service au bar à dix-huit heures. Le matin, elle faisait la comptabilité.

A onze heures, je repris ma voiture et me rendis à la banque. Le portail n'est pas gardé, la nuit. Dans notre petite ville, il n'y a pas de risques.

J'entrai ma voiture dans la cour et pénétrai dans l'agence. Je me rendis à la réserve où je pris une caisse identique à l'autre. Je la remplis de vieux papiers, annuaires et autres listing de machines mécanographiques. Puis je la cerclai et coulai sur les cercles métalliques un peu de la cire rouge que j'avais rapportée de la BCEAO. Comme je n'avais pas, bien sûr, le sceau de la Banque Centrale, je marquai la cire avec le chaton de ma chevalière, celle des comtes Fleury de Montfleury !

J'étais sûr que mes deux collègues aviateurs ne se rendraient compte de rien durant le voyage. J'étais moins sûr que ça puisse les amuser quand ils s'en rendraient compte à Monrovia ! Moi, ça m'amusait bien.

J'échangeai cette nouvelle caisse avec celle qui était dans la chambre forte. Je chargeai « la vraie » à l'arrière de la Land-Rover, rentrai chez moi et enfermai la voiture dans le garage. Je dirais le lendemain qu'elle était en révision et j'utiliserais la Ford de service.

Le lendemain matin, une caisse remplie de vieux papiers s'envolait pour un long voyage à travers l'Afrique de l'Ouest…

L'autre est dans la Land-Rover, derrière nous. A chaque arrêt, nous la gratifions d'un regard plein d'amour.

*

Nous roulons sur la Nationale 4.

Soudain, j'entends deux coups de feu, puis une rafale provenant, semble-t-il, d'une mitrailleuse lourde. Je lance un regard inquiet à Christian qui me fait un sourire amusé.

- Ce n'est rien ! Seulement des rebelles guinéens qui échangent des coups de feu avec les forces portugaises. Les Guinéens veulent l'indépendance et les Portugais ne veulent pas la leur donner. Alors ils s'énervent et se tirent dessus : c'est simple…

- Effectivement, vu comme ça… Mais ! regardez ce qui arrive…

C'est une sorte de Jeep remplie d'hommes en armes. Christian nous explique très tranquillement.

- Ça, ce sont des rebelles ! Ils n'en ont pas après nous. Ils se réfugient au Sénégal…

La voiture passe effectivement sans que ses occupants ne nous prêtent attention. Une demi-minute plus tard un autre véhicule apparaît. Une espèce d'automitrailleuse, cette fois. Christian commente :

- Ça, ce sont les Portugais qui les poursuivent.

- Sur une route sénégalaise ? Mais ils n'ont pas le droit !
- Non. Ils n'ont pas le droit, mais ils ont la force…

Le droit… la force : ce doit être ça, la politique.

Nous ne sommes plus qu'à cinq kilomètres de la frontière de la Guinée-Bissau.

Je repense à la fin de l'entretien que j'ai eu avec Christian, dans la nuit de jeudi à vendredi, sous la tente de Charles de Gaulle.

*

- … Tu parles portugais, petit ?
- Non.
- Tu apprendras, c'est facile.
- Pourquoi me demandez-vous ça ?
- Parce qu'il n'y a pas que Monrovia, en Afrique, comme pays de cocagne. Bissau n'est pas mal non plus.

Je commençais à comprendre.

- Tu vois, Charly, au lieu de faire part à trois avec deux branques, pourquoi ne pas faire part à deux avec quelqu'un de sérieux ?

Ce coup-là, j'avais compris. Il poursuivit :

- Les Portugais ne veulent pas donner l'indépendance à la Guinée-Bissau et tous les pays font la gueule aux Portugais, et à leur chef, le petit père Salazar. Alors personne ne s'occupe de cette minuscule colonie perdue.

- Et on peut y être tranquille ?
- Avec un peu d'argent, oui.
- Et avec une nouvelle identité ?
- Oui. Et pas avec des faux papiers à la con comme ceux qu'on trouve dans les bas-fonds de Monrovia. Avec des vrais faux papiers… J'ai bien connu tout ça, quand j'étais en poste à Ziguinchor. J'ai des connaissances, des amis, dans les allées du pouvoir, à Bissau ; du pouvoir portugais.
- Mais…
- Mais ils devront lâcher le pouvoir un jour. C'est ça que tu veux dire ? Oui, ils le lâcheront un jour, mais j'ai de très bonnes relations aussi avec les chefs rebelles… « ami avec tout le monde, mouillé avec personne… »

Il m'impressionnait, le commissaire. Il reprit :

- On fait part à deux. Et je te fais mon légataire universel, je n'ai pas de famille. En plus, tu n'auras même pas besoin de m'assassiner pour toucher ton héritage. Je n'en ai plus pour longtemps. De même que les Européens ont colonisé l'Afrique au tournant du siècle, l'alcool a colonisé mon foie. La décolonisation est pour bientôt : elle se passera au cimetière.

Je ne savais quoi ajouter à cette auto-oraison funèbre. Il rit et se resservit une tasse de whisky. Une question me tracassait quand même :

- Et pourquoi me proposez-vous cela, Commissaire ?

- Parce que je m'emmerde ! ... et que, pour le peu de temps qu'il me reste à vivre, j'ai envie de m'amuser !

*

La frontière est signalée à trois kilomètres.
- Arrête-toi, dit Christian.

Je m'arrête. Il nous fait signe de descendre, puis nous dit en sortant deux passeports de sa poche :
- J'ai failli oublier ! Charly, voici ton passeport au nom de monsieur Karl Bloemrijk van den Bloemrijk-Berg[6], citoyen belge né à Molenbeek le 11 septembre 1944... toi, Rama, tu es madame Rama van den Bloemrijk-Berg, née N'Diaye à Molenbeek aussi, le 2 décembre 1944...

Je vois que Ramatoulaye a l'air un peu surpris. Il reprend :
- ... non, non, Rama, ne t'inquiète pas, il y en a d'aussi bronzées que toi, là-bas ! N'oublie pas que le Congo a été une colonie personnelle de monsieur Léopold 1er, roi des Belges... Tu as donc des ancêtres congolais. Il vaudra mieux que tu apprennes un peu l'histoire du pays !
- N'Diaye, ce n'est pas très congolais, comme nom : plutôt sénégalais !

---

[6] Il semblerait que ceci fût une traduction approximative de Fleury de Montfleury en néerlandais.

- C'est la famille de ta maman qui est
  congolaise ! Voyons, Rama, tu le sais bien !
  Une fois !

Nous partons tous les trois dans un bon fou-rire. Il
nous tend nos passeports que nous saisissons.

- Molenbeek, commune de l'agglomération
  bruxelloise, présente l'avantage insigne
  d'avoir subi de lourds bombardements à
  l'hiver 1945. Son état civil n'y a pas survécu.
  J'avais donc un tropisme particulier pour cette
  ville quand j'étais consul de Belgique à
  Ziguinchor, et que je devais établir des
  passeports pour les personnes qui avaient
  malencontreusement perdu le leur…

Je ne sais pas exactement quel était le travail de
Galtier à Ziguinchor, ni comment une « barbouze » du
SDECE avait pu se faire nommer consul de Belgique,
mais je ne doutais pas que ces passeports fussent plus
vrais que nature. Il reprit.

- J'ai pris la liberté de vous marier parce que le
  Portugal du père Salazar, c'est catho-tradi et
  compagnie. Donc, c'est mieux comme ça.
  Mais si un beau jour vous voulez divorcer :
  pas de problème. Je règle la question dans la
  minute.

Ramatoulaye est écroulée de rire.

- Qu'est-ce qui t'arrive, petite, lui demande
  Galtier ?
- D'un coup je suis Belge, d'origine congolaise,
  mariée, et j'ai rajeuni d'un an ! Vous êtes
  vraiment le grand sorcier blanc, Christian !

- Grand, ce n'est peut-être pas le mot, nous dit-il en brandissant son nouveau passeport belge. Je m'appelle désormais Chris Manneken... « petit homme » en néerlandais ! Et puis, je me suis fait naître en 1898 : j'ai toujours rêvé d'avoir connu le dix-neuvième siècle, et j'ai ainsi septante ans !
- Mais, m'inquiété-je, on vous connait, à Bissau.
- Je leur ai dit que j'étais binational. Ça ne les étonnera pas. Et les petites enveloppes neutralisent les grands étonnements !... et des petites enveloppes, il y a de quoi en faire avec la grande caisse qui est là !...

Sur cette forte pensée philosophique, nous nous remettons en route pour la frontière ; et pour Bissau, distant de quatre-vingt dix kilomètres.

17

CHARLES

C'est la quatrième frontière que nous passons.

A Rosso, j'étais tranquille. Je connaissais les policiers et les douaniers. Et j'étais connu d'eux : je suis le directeur de la BIAO Nouakchott ! J'avais apporté pour les Mauritaniens une cartouche de cigarettes et pour les Sénégalais un carton de bière. Musulmans ou pas, les Sénégalais communient dans une même inclination pour les boissons fermentées et maltées.

Pour franchir les frontières entre Sénégal et Gambie, il n'y avait pas de problème non plus. Les deux pays sont très liés au sein d'une Sénégambie informelle mais très réelle. Pour plus de discrétion, nous avions rempli le coffre de la Land-Rover de cageots de fruits et légumes destinés à « nos amis de Ziguinchor ». Un panier d'avocats offert au poste de garde facilita le passage. Et puis Ramatoulaye était d'ascendance wolof et mandé, les deux ethnies de la Gambie.

Ici, ça devenait plus inquiétant. Nous entrions en territoire inconnu. J'avais pensé que nous pourrions essayer de passer par la brousse mais Christian m'en avait fermement dissuadé. Nous risquions de rencontrer la rébellion armée.

Nous sommes devant la frontière portugaise.

La barrière est fermée et trois policiers-douaniers sommeillent dans des fauteuils d'osier et de bambou. L'un d'entre eux, sans même se lever, nous fait signe de la main de nous arrêter. J'ai le cœur qui bat un peu plus fort. Christian nous demande nos passeports et nous dit :

-    Descendons. Laissez-moi faire.

Il prend un paquet dans son sac, descend et s'approche des fonctionnaires. Nous le suivons. Il s'adresse à eux en portugais. Nous ne comprenons pas tout sur le coup mais il nous rapportera plus tard les détails du dialogue.

-    Bonjour messieurs, je suis Chris Manneken, le consul de Belgique à Bissau, et mes deux jeunes amis sont des investisseurs belges qui envisagent d'établir une chocolaterie à Bissau.

L'un des fonctionnaires s'est levé. Les autres le regardent faire. On a le sens de la délégation, en Guinée-Bissau ! Christian poursuit :

-    Je vous ai d'ailleurs apporté, pour que vous puissiez goûter, un paquet de ces bons chocolats que nous prévoyons de produire ici… c'est une déclinaison des célèbres Côtes d'Or. Nous les appellerons Côtes de Bissau.

Je suis admiratif de l'imagination du commissaire. On doit en inventer des histoires, au SDECE !

Le douanier goûte. Ses collègues se lèvent, s'approchent et goûtent à leur tour. Ils semblent apprécier.

-   … fameux, n'est-ce pas ? Non, non, gardez le paquet, je vous en prie. Ça me fait plaisir !

Les douaniers jettent un coup d'œil distrait sur les passeports. Le plus galonné regarde Ramatoulaye d'un air soupçonneux. Elle soutient son regard et lui dit dans un sabir mélangeant le français, l'anglais et le peulh qu'il existe une tribu africaine qui a fait jadis souche à Molenbeek, Royaume de Belgique. « C'est bien connu !», précise-t-elle sur un ton affirmé... « … une fois ! » se croit-elle obligée d'ajouter ! Le gradé semble convaincu.

Il demande à Christian :

-   Vous n'avez rien à déclarer, bien sûr, monsieur le consul ?
-   Non, rien à part ce petit carton de Gueuze Lambic que je m'étais promis d'offrir aux premières personnes que je rencontrerais en Guinée-Bissau. Je suis si heureux de retrouver votre pays… vous aimez la bière, n'est-ce pas ?

Ils l'aiment. Ils remercient et nous disent que nous pouvons y aller. Je respire mais Christian lui dit :

-   Ah non, Brigadier, on ne peut pas y aller comme ça !...

Qu'est-ce qu'il lui prend ? Il est devenu fou ?

-   … Vous avez oublié de nous viser et de nous tamponner nos passeports. Nous y tenons beaucoup ! Le règlement, pour nous autres Belges, c'est sacré, une fois !

Le fonctionnaire rit. Il va chercher dans sa guérite un tampon encreur et une machine à dater et marque dûment nos passeports.

Nous nous saluons et nous partons.

La petite cérémonie du tampon a beaucoup amusé notre ami ; moi, beaucoup moins !...

- Vous allez voir le petit hôtel que je nous ai trouvé à acheter, dit Christian. Un vrai bijou. Il n'est en vente que depuis deux semaines. Une occasion à saisir. Sur la corniche, vingt-cinq chambres tout confort, restaurant gastronomique, piscine, plage privée... et pas cher. Nous pourrons chercher d'autres investissements...
- Dans la chocolaterie ? demande Ramatoulaye qui ne manque pas d'à-propos, aujourd'hui.
- Ou dans la noix de cajou, qui représente les deux tiers des exportations du pays.

Christian nous parle encore de l'hôtel dont l'opportunité lui a été présentée par son ami Mario de Almeida, le chef de la police de la colonie. Il a pris une option. Il nous reviendra de la confirmer dès que nos fonds nous auront été crédités à notre compte bancaire.

Nous arrivons à Bissau.

- Procédons par ordre, dit Christian. Nous passons d'abord à la banque. J'ai choisi le Banco Santa Maria y Comércio. C'est un établissement réputé pour sa haute moralité et sa grande discrétion. C'est le représentant à Bissau du Banco Ambrosiano, du Vatican : c'est dire…

Nous passons par la banque où nous sommes chaleureusement reçus par monsieur Mario Espirito Santo. Monsieur Espirito Santo est un métis d'une cinquantaine d'années.

- Mon père est un Portugais colonialiste et ma mère une Diola indépendantiste, nous explique-t-il. Ainsi, je suis paré quoiqu'il advienne !

Monsieur Espirito Santo nous emmène à la salle forte ou deux gaillards – aussi forts que la salle ! – déposent notre précieux colis. Christian signe quelques papiers et nous prenons congé.

Nous reviendrons jeudi pour l'ouverture de la caisse et les formalités.

Avant de sortir de la salle des coffres, je jette un dernier regard à cette caisse qui nous a accompagnés durant ces trois jours. Sur les cercles d'acier brillant sont coulés les scellés de cire… dûment frappés du sceau de la BCEAO !

*

Nous stationnons devant l'hôtel. Je regarde l'enseigne et pousse un cri :

- Christian, vous ne nous aviez pas dit qu'il s'appelait « Aviacão Hotel » !

Moi, les avions, DC3 ou pas, je ne veux plus en entendre parler !

Nous montons jusqu'à la réception et nous annonçons. On nous demande de patienter un instant et, dans la minute, une élégante dame métisse d'une quarantaine d'années nous rejoint. Contrairement aux Anglais et aux Français, les portugais se sont beaucoup mêlés à la population autochtone, et les métis sont nombreux en Angola, au Mozambique et en Guinée-Bissau.

La dame nous dit dans un excellent français :

- Senhora, Cavalheiros, je suis Carmela de Oliveira, la directrice de l'hôtel et je suis très honorée et heureuse de faire la connaissance des futurs propriétaires. Je vous assure de toute ma détermination pour tenir la barre de ce navire pour le plus grand profit de ses armateurs.

L'hôtel s'appelle Aviacão et elle nous parle d'un navire : il faudrait savoir ! Quoiqu'il en soit, la senhora de Oliveira me semble posséder un sens diplomatique fort développé.

Nous lui disons que nous sommes également très heureux de notre future collaboration. C'est tout à fait sincère, d'ailleurs : une honnête travailleuse qui a porté son hôtel au premier rang des établissements de la ville, et d'honnêtes investisseurs qui ont constitué leur capital à la sueur de leur front ne peuvent que s'entendre.

Christian se croit obligé de formuler une mise en garde à l'endroit de sa future salariée, tout en sortant ostensiblement sa flasque de whisky de sa poche :

- Chère madame, je me permettrais seulement de vous conseiller de bien veiller sur votre cave et de ne pas la laisser piller par l'un de vos propriétaires …

Son nez rouge et sa flasque de whisky éclairant ces paroles qui, autrement, eussent été aussi sibyllines qu'absconses, madame de Oliveira part d'un grand rire. Elle a assurément le sens de la diplomatie…

Madame de Oliveira nous dit que, le temps que nous ayons pris une douche, elle aura fait dresser une table au bord de la piscine. Elle nous propose le menu : langoustes grillées, poulet Yassa, fromages de France et sorbets aux fruits du pays ; le tout arrosé d'un *vinho verde* de Minho pour commencer, et d'un *Carmin Reguengos* pour suivre. Est-ce que ça nous convient ? Ça nous convient !

Nous nous donnons rendez-vous pour le déjeuner.

*

Nous nous retrouvons à quinze heures sur la terrasse pour déjeuner. La matinée s'est prolongée mais elle a bien été remplie.

Ramatoulaye porte une petite robe très simple, courte et blanche, qui contraste délicieusement avec sa carnation franchement foncée. Elle est tout à fait charmante.

Elle a mis autour de son cou et de ses poignets des bijoux traditionnels. Des bijoux sénégalais faits

225

d'ivoire et d'ébène, et des bijoux mauritaniens de cuivre et d'argent et… et je remarque à sa cheville une manière de bracelet formé de trois tresses enroulées : une noir, une jaune et une rouge. Elle constate ma perplexité :

- Eh bien, Charly, ne suis-je pas Belge, une fois ?

Le déjeuner est fini.

Il a été parfait. Carmela de Oliveira et son fils Roberto – qui est chef de rang au restaurant de l'hôtel – nous ont rejoints pour le café. Nous avons fait connaissance et commencé d'élaborer des projets.

Avant que nous ne quittions la table, Christian, soudain soucieux, m'a posé une question :

- Dis-moi, Charly, les documents qui remplissaient la caisse de Monrovia, c'était quoi ?...
- Des annuaires, des vieux papiers…
- Mais… ils étaient écrits en allemand ou en serbo-croate ?

Nous éclatons de rire tous les trois. Je crains un moment que Christian ne nous fasse une crise d'apoplexie, et que Rama ne soit prise de convulsions. Nous nous calmons.

Carmela et Roberto n'ont bien sûr rien compris : inutile de leur expliquer.

Carmela et Roberto retournent à leurs occupations - qui visent à faire fructifier notre capital ! - et nous organisons notre soirée.

Christian se lance.

- Je vais aller faire une petite sieste... Nous pouvons nous retrouver à vingt-et-une heure pour dîner au restaurant de... de « notre » hôtel ! Et puis ensuite, je vous invite pour le réveillon au « Corsaire Borgne », c'est une boîte française dont on fait grand cas... à moins que vous ne préfériez la messe de minuit ?...
- J'ai vérifié, mais il n'y a hélas pas de messe de minuit à la grande mosquée de Bissau, répond Ramatoulaye avec un sourire en coin.

Nous rions et nous dirigeons vers l'escalier, tous les trois bras dessus, bras dessous...

18

CHRISTIAN

Je suis en peignoir, devant ma fenêtre et je regarde le soleil plonger dans l'océan. C'est beau.

Il est vingt-heures trente.

J'ai dormi presque trois heures. Puis j'ai pris ma douche et je vais bientôt m'habiller.

Devant ma fenêtre, je fume un petit *Romeo y Julieta*. Mais je ne bois pas. Je me réserve pour tout à l'heure.

C'est Noël. Je fais remonter du fin fond de ma mémoire les premiers Noël dont je me souvienne. J'avais cinq ans... c'était il y a soixante ans. J'ai officiellement soixante-cinq ans mais, en réalité, j'en ai cent. Je suis tellement usé.

Et pourtant, ce soir, je me sens jeune. Je m'amuse.

Tout s'est bien passé, comme je le prévoyais.

Ça fait si longtemps que je pensais qu'on allait un jour détourner l'avion de Zouerate. J'en étais sûr. C'était évident. Et surtout en décembre, avec le treizième mois. Je l'avais dit à Georges Feldspath, le patron de la MIFERMA. Il ne m'a pas écouté. « Vous avez trop d'imagination, Galtier », m'a-t-il dit ! Lui, ce n'est pas son fort, l'imagination. C'est normal : c'est un polytechnicien !

Alors, quand Charly m'a parlé de sa partie de chasse avec les deux loustics, j'ai compris.

Ça ne tenait pas debout son histoire. C'était cousu de fil blanc.

Il fallait le laisser faire. Laisser courir le pur-sang librement dans la savane. Et puis, d'un coup, reprendre les rênes ; qu'il sente le mors ; la main de son maître.

Alors, on se fait inviter sous la tente par Charles de Gaulle ; on s'attarde un peu… on bavarde et, soudain, on frappe ! et le tour est joué. Je n'ai pas de mérite : c'était facile.

Le plus périlleux, c'était l'entrée en Guinée-Bissau. Je l'ai pris à la rigolade, mais je n'étais pas si à l'aise que ça. La probabilité d'un problème était faible, mais pas nulle. Bien sûr, si ça avait mal tourné, j'aurais pu appeler mon ami Mario de Almeida, le chef de la police, qui aurait arrangé le coup. Mais ensuite, je lui aurais été redevable. Et je n'aime pas ça. Enfin, tout s'est passé comme prévu.

J'ai des appuis, ici. Je connais tout le monde, depuis que j'étais « consul de Belgique » à Ziguinchor : ma « couverture » pour mes activités au sein du SDECE.

J'ai des contacts étroits avec le chef de la police et avec Anibal Silva, le gouverneur de la colonie. Je leur ai un peu donné, alors ils me doivent beaucoup ! Eh oui, c'est comme ça dans les services secrets. En fait, c'est surtout qu'ils savent que j'ai pas mal de petites choses sur leur compte, bien rangées à l'abri.

Ça fait longtemps que je sais que je pourrais vivre comme un pape à Bissau. J'ai franchi le pas. Ce sera maintenant.

Tiens, un petit whisky quand même !

Je ferme la climatisation et j'ouvre la fenêtre en grand. Je veux respirer l'air du large, l'air de la liberté.

Tout s'est bien passé ; comme prévu. Nous avons déposé la caisse à la banque et j'ai signé le versement : sur le compte ouvert à mon nom. Mon ami Espirito Santo m'est redevable. C'est au sujet de cette énorme escroquerie dont on a parlé à travers toute l'Afrique de l'ouest, l'affaire... enfin, peu importe. Il ne peut rien me refuser.

J'ai signé à Nouakchott chez le notaire Bakrim ould Houddi la promesse d'achat de l'Aviãcion Hotel : à mon nom. Il a transmis l'engagement par télex à João Derosso, mon notaire ici ; un ami. Je n'ai plus qu'à confirmer l'achat jeudi.

Je m'avance vers la fenêtre, pose les mains sur le rebord et respire à pleins poumons l'air frais venant du large. Puis je me penche un peu. Je vois la terrasse de l'hôtel à mes pieds, le jardin, la piscine, la plage privée... tout ça est à moi. A moi tout seul. Rien qu'à moi... Je suis chez moi.

Et les deux petits jeunes ?

Je n'ai plus besoin d'eux. Ils ont fait leur boulot : convoyer la caisse depuis Nouakchott jusqu'à Bissau.

Il suffit que je passe un appel à Mario. Ils seront convoqués à la police jeudi matin : « Désolé, mais il y a un petit problème avec votre passeport... » Ils seront expulsés au Sénégal, puis en Mauritanie. Après tout, on ne pourra pas prouver facilement leur implication. On retracera facilement la piste des deux branques. La caisse volée est à Monrovia. Les deux jeunes ne risquent pas grand-chose...

Je m'habille. Je mets une cravate pour me faire beau. Il le faut.

Ne suis-je pas le propriétaire de l'hôtel ? Le seul propriétaire ...

Ça me fait rire. Il y a de quoi !...

19

CHRISTIAN

… eh bien non ! Je ne serai pas le seul propriétaire.

C'est ce que j'avais prévu, mais ça ne m'amuse plus. J'ai changé d'avis. Charly et Rama ne seront pas convoqués à la police jeudi matin.

Quand donc ai-je changé d'avis ? Définitivement ce matin, je crois…
Je les aime bien, mes deux petits jeunes.

Charly, c'est une petite crapule comme je l'étais à son âge. Moi, je bricolais. Lui, il a visé le gros coup. Il a de l'ambition.
Moi, à vingt ans, je faisais des casses ; à trente, je suis entré dans la Résistance ; et à la fin de la guerre je suis rentré dans le droit chemin des coups tordus des services secrets. Lui, il finira peut-être président du Banco Santa Maria y Comércio !

Rama aussi, je l'aime bien. Elle est née dans un petit village de pêcheurs sénégalais, elle a fait ses études chez les bonnes-sœurs, elle a fait la pute dans un bordel de Nouakchott et elle a géré consciencieusement le bar du Club dont elle a tenu - honnêtement ! - la comptabilité... C'est un beau parcours, à seulement vingt-cinq ans !

Depuis une semaine, ça m'ennuyait un peu de faire le coup sur leur dos. Ce matin, ma décision fut prise : nous irons ensemble jeudi à la banque et chez le notaire. Nous sommes associés.

Je les aime bien... et puis ils m'amusent.

« Pourquoi faites-vous ça ? » m'a demandé jeudi Charly chez Charles de Gaulle ould Mokhtar ?

« Parce que je m'ennuie », crois-je lui avoir répondu.

C'est la vérité.

J'ai eu une vie passionnante. J'ai fait des casses dans les beaux quartiers de Paris quand j'avais vingt ans. J'ai fait des embuscades contre les occupants nazis quand j'en avais trente. J'ai fait des manipes et des magouilles politico-mafieuses quand j'étais au SDECE : à Abidjan, d'abord ; à Ziguinchor, ensuite. A Ziguinchor, j'avais une place stratégique. Je couvrais la Guinée-Conakry qui était sous influence soviétique, le Sénégal qui faisait partie de la France-Afrique et la Guinée-Bissau Portugaise qui était soutenue par les Etats-Unis... C'était le Grand Jeu !...

… Et depuis trois ans je suis à Nouakchott à veiller sur les intérêts des administrateurs ventripotents de la sidérurgie européenne !

Alors oui, pour dire le vrai, je m'y emmerde !

Et pour le temps qu'il me reste à vivre, je veux m'amuser.

J'ajuste ma cravate.

Je me regarde dans la glace : tiens, j'ai le sourire. Pourquoi ?...

… Je crois que c'est parce que je vais retrouver mes deux jeunes amis ; mes associés.

24 Décembre 2015

Le banquier.

A la suite d'une malheureuse indélicatesse dont fut victime l'agence bancaire BIAO de Nouakchott, le directeur adjoint disparut inopinément.

Certains esprits malveillants avancèrent qu'on avait retrouvé sa trace à Bissau, où il jouirait de l'usage de fonds dont la source serait inconnue.

D'autres se crurent fondés à déclarer qu'on l'avait retrouvé dans le Jura français, à l'abbaye d'Acey, où, sous le pseudonyme de Frère Benoît, il essaierait d'expier ses fautes passées.

D'aucuns affirment enfin qu'il filerait le parfait amour avec Charles de Gaulle au cœur du désert…

Dubium manet…

Postface

La véracité historique de ce récit est assez incertaine.

Néanmoins, l'environnement dans lequel il se déroule, et l'atmosphère dans laquelle il baigne, sont tout à fait exacts.

Les lieux sont réels.

Les personnages sont tous très proches de personnes ayant réellement existé.

Tous les deux mois, la paie des ouvriers de la MIFERMA-Zouerate était effectivement expédiée depuis Nouakchott, dans une grande caisse en bois cerclée et scellée, chargée à bord d'un DC3 d'Air Mauritanie piloté par deux anciens de la seconde guerre mondiale.

La MIFERMA représentait effectivement 95% des ressources de la Mauritanie, et la Mauritanie était bien une « colonie-indépendante » de la France-Afrique (depuis lors, la MIFERMA a été nationalisée sous le nom de Société Nationale Industrielle et minière de Mauritanie – SNIM.)

Il y avait *de facto* un système de castes en Mauritanie. Il subsiste.

Il y avait encore officiellement des esclaves en Mauritanie. Il y en a toujours : officieusement.

Le Club de Nouakchott était le haut lieu de la vie nocturne des expatriés et les personnes qu'on y rencontrait étaient celles citées dans le récit, l'évêque y compris.

Charles de Gaulle, fils d'un combattant de la France Libre était effectivement un jeune noble entreprenant et sympathique.

Même Montigny était bien le directeur alcoolique de la BIAO… et son cas était effectivement grave au point qu'il assurât sans cesse, *urbi et orbi*, qu'il était parent du cardinal Montini, *alias* Paul VI !

Quant au jeune directeur-adjoint de la banque, il s'est demandé tout au long de son séjour pourquoi le DC3 de Zouerate n'était jamais allé atterrir quelque part dans le désert ou la savane…

*

Le seul mérite que l'on pourrait trouver à cette petite histoire pourrait être de bien mettre en valeur l'évolution fantastique qui a eu lieu en moins de cinquante ans.

Nouakchott était alors peuplée de moins de quarante mille habitants : il y en a aujourd'hui plus d'un million. Cette progression est de même ordre pour les autres lieux cités : Nouadhibou, Boutilimit, Kaédi, Kayes, Dakar, M'Bour, Ziguinchor, Bissau, Monrovia…

Bathurst, ce petit confetti d'Angleterre perdu au cœur de l'Afrique est devenu Banjul, capitale mondiale du tourisme sexuel ! En décembre 2015, la Gambie a été proclamée « République Islamique ». Les touristes ne seront peut-être plus les mêmes…

La Guinée Bissau est indépendante depuis 1974, et Bissau est réputée pour son carnaval annuel ; et son épidémie d'Ebola…

Après une période où se sont succédé - entre 1980 et 2005 ! - les guerres, les coups d'état et les assassinats, la vie politique semble s'être calmée au Liberia. Mr Charles Taylor, ancien président, est devant le tribunal pénal de La Haye ; et Mr Prince Johnson, assassin et criminel de guerre notoire est aujourd'hui pasteur et sénateur à Monrovia…Le Liberia est toujours un pays de cocagne – quoiqu'un peu dangereux – pour les aventuriers en tout genre.

*

Il est intéressant de voir que ce récit ne pourrait en aucun cas être transposé en 2015.

- La traversée régulière et non protégée de la médina de Nouakchott avec un chargement de plus d'un million de dollars ne pourrait pas même être imaginée aujourd'hui ! Ce serait ridicule. Et pourtant, il en était ainsi.
- Le détournement d'avion ne pourrait plus se produire : chaque avion est suivi minute par minute à partir du sol. Et les avions modernes auraient peut-être plus de mal à se poser en

brousse que les robustes et vieux DC3-Dakotas.

- Les moyens technologiques (téléphones mobiles ou satellitaires, GPS, en particulier) rendraient impossible un tel périple mené en secret à travers une partie du continent.
- L'environnement politique a changé et on ne passe plus les frontières comme on pouvait le faire à l'époque.
- Les confins de la Mauritanie et du Mali sont peu sûrs ; surtout la brillante campagne de Lybie menée par la France en 2011.
- En revanche, les pistes sont (parfois) meilleures et il y a désormais des ponts à Kayes et même à Diouloulou.

La nature humaine demeurant inchangée, il reste à écrire l'histoire d'un « casse » africain moderne : probablement à la suite d'une magouille cybernétique au travers d'Internet…

… Il reste aussi à conter la suite de ce récit qui se termine bien tristement pour deux sympathiques héros : nos amis Werner et Greta, coincés à Monrovia sous un monceau de vieux papiers…

PS : le commissaire Christian Galtier qui nous a conté ce récit est aujourd'hui âgé de cent douze ans. Si quelque erreur ou coquille s'était glissée dans ce récit, il conviendrait de le mettre ceci au compte de son grand âge.

- <u>Du même auteur</u> –
Par genre

Poésie
- L'EnVers de l'Arche de Noé (poèmes philosophiques)- Reitlag
- L'EnVers des communautés (poèmes sociologiques) - Reitlag
- Oscar Wilde : Poésie choisie (traduction) - Reitlag
- L'EnVers des mots – Dictionnaire philosophique - Reitlag
- L'EnVers des Empires (récit) - Reitlag
- Afghanistan 2002-2013 (poèmes bilingues illustrés) - Reitlag
- Au bord de l'amer– Reitlag
- Les dialogues de l'Arche de Noé – Reitlag
- Testament - Reitlag

Contes et fables
- La Dégenèse - Reitlag
- La Descension –Reitlag (The descension/ anglais)
- Les aigles étaient devenus paresseux – C. Galtier

Conte pour enfants
- Nos amis les animaux - C. Galtier

Nouvelles
- L'Envers du décor -C. Galtier
- D'une Trappe à l'autre –C. Galtier
- Les caves du monastère –C. Reitlag
- Faits d'hiver à Vesoul –C Bernot
- Les coquelicots d'Afghanistan – C. Galtier
- Urbes. tome 1 –C. Galtier
- Urbes. tome 2 – C. Galtier
-

-Essais
Une petite histoire du catholicisme (essai historique) - Reitlag
- •   1- L'EnVers du Vatican
- •   2- L'EnVers de la Sainteté
- •   3- L'EnVers de la Joue Gauche
- •   - L'EnVers de l'Histoire de France (essai historique) - dom Enrico
- •   - L'EnVers de l'Elysée (essai historique) - dom Enrico
- •   - Désordre au Paradis (essai sociologique) - dom Enrico
- •   - L'Afrique en noir et blanc - Christian et Gabriel Galtier
-
-

- Albums illustrés
- Série *Per Europa* : voyage au travers de l'Europe – Reitlag
  - 1- Europa germanica
  -

- Romans
  -

Série historique Les Montfleury (1789-2000)
-- De Yorktown au Faubourg Saint-Germain 1789 - 1804- Gauthier de
l'Escudier
- Le secret de monsieur de Verchamp 1816-1842- Gauthier de
l'Escudier
- En passant par la rue Transnonain 1831-1834- Gauthier de l'Escudier
- A l'école de la Sapienza (roman) 1844 - 1858- Gauthier de l'Escudier
- L'honneur de monsieur Fouchard 1870 -1889- Gauthier de l'Escudier
- Le sable d'or 1935-2000 - Chris Reitlag -
   1- L'Île aux Oiseaux
   2- L'Île aux requins
- Route nationale 5 1919-1974 - Chris Reitlag -
- Tempête sur le lac 1974- 1981 - Chris Reitlag –
- Le coffre de Pandore 2015 – Christian Galtier

- Le crocodile de Dapango – C. Bernot
- La petite fille, la tortue et le chaton – C. Bernot
- Crime à Rueil-Malmaison – C. Bernot
- Big Game à New York -Chris Esquire /(*Big Game in New York*
(*anglais*))
- L'Océan, le torrent, le fleuve – C. Galtier
- Par les ponts de Paris – C. Galtier
- Un parterre de myosotis –J. Bernot
- Un bouquet de marguerites – C. Galtier
- Les chrysanthèmes du Père-Lachaise – C. Galtier
- Nine-eleven - C. Galtier
- Le fantôme - C. Galtier
- Un 8 mai 45 - C. Galtier
- Le saut de l'ange – C. Galtier
- L'affaire Reitlag – C. Galtier
- L'affaire Doriot – C. Galtier

- Théâtre
  -
- Tempête sur Vesoul - G. de l'Escudier

- La famille pour tous – C. Galtier

Avec Etienne Dor-Rivaux
- Etienne Dor-Rivaux & Christian Galtier

-

- Summertime à Manhattan (*Traduction Reitlag* : *Summertime in Manhattan*)
- Dérapages
- Vingt-quatre roses pour Laetitia
- Double Je

Ma nuit avec Charles de Gaulle

© 2015, Christian Galtier
Edition : BoD - Books on Demand
12/14 rond-point des Champs Elysées, 75008 Paris
Imprimé par Books on Demand GmbH, Norderstedt, Allemagne
ISBN : 9782322044719
Dépôt légal : Décembre 2015